Jean-Paul Baget

Une vie chorale

Le chœur est une école de vie

Préface
Lucien Duquesne

Avec la collaboration
de Sophie Baget, Pascal Mateo, Marie Baget

Les Éditions du Palais

Une vie chorale

A Sophie
A Marie, Clara et Johanna
A mes parents et la famille d'où je viens
A mes élèves, qui m'ont appris à transmettre en transmettant

Sommaire

« Le monde entier se trouve en toi-même.
Et si tu sais comment regarder et apprendre,
tu trouveras la porte dont la clé est dans ta main.
Personne au monde ne peut te donner la clé
ou la porte à ouvrir. Seul toi peux le faire. »

Krisnamurti

« J'ai placé devant toi la vie et la mort,
la bénédiction et la malédiction.
Choisis la vie. »

Deutéronome 39/19

« La vie est plus un consentement qu'un choix.
Comme l'amour. »

Abbé Pierre

Préface

Une vie chorale... le récit d'une trajectoire qui donne la pêche.

Tu aurais pu, Jean-Paul, te perdre dès l'enfance, car tu n'étais pas souhaité dans ta propre famille. Pourtant, tu parles sans pathos de cette blessure que tu as gardée toute ta vie et dont tu as su faire ta force.

Le moins que l'on puisse dire, c'est que tu t'es pris par la main. Tu nous fais partager avec bonheur ta kyrielle de rencontres, parfois culottées, avec une foule bigarrée d'hommes et de femmes qui t'ont séduit et, d'une certaine manière, façonné. Entre autres Maurice Martenot, Éva Kollár de Budapest... Et bien d'autres avec, parmi eux, mais oui, l'abbé Pierre et le père Joseph Wrésinski ! C'est toi qui es allé vers eux. Tu avais besoin de leurs compétences professionnelles et de leurs qualités humaines pour te forger comme homme et comme artiste.

Autodidacte, tu es devenu chef de chœur à 25 ans, non sans avoir auparavant appris le métier de menuisier. Ta *caisse à outils* te suivra partout. Tu y mêleras aussi bien le marteau et les ciseaux à bois que « les 5 R », tes outils de base pour travailler avec un chœur : Respect, Responsabilité, Réactivité, Réceptivité,

Regard. Tu en tireras une pédagogie innovante – La Voie du Chœur – que tu es fier, à juste titre, de présenter au lecteur.

Pour toi, le but du chœur n'est pas seulement de se produire en concert, mais de *susciter la naissance d'une aventure humaine dans laquelle chacun apporte sa voix.* Cela procède d'une création. Pas étonnant que tu te sois investi à cent pour cent dans l'animation d'un Atelier Chant ouvert à des personnes vivant dans la grande pauvreté.

Merci, Jean-Paul, de n'avoir pas créé un chœur de « pauvres », mais un chœur faisant se côtoyer, pour une création commune, des jeunes et des adultes de toutes conditions. C'est la préfiguration d'une société, d'*une aventure humaine*, où chaque personne, la plus démunie étant sollicitée, peut apporter sa pierre, *sa voix,* pour le bien commun.

Ainsi la boucle est-elle bouclée avec la blessure de ton enfance qui t'a rendu hyper sensible à l'injustice : *Dans le cadre de cet Atelier Chant, j'ai compris que la puissance – comme la lumière – passait par ma faille et cela a été une clé avec tous les gens que j'ai accompagnés par la suite.*

Lucien Duquesne

Volontaire permanent et ancien vice-président du mouvement ATD Quart Monde, ancien membre du Conseil Economique, Social et Environnemental.

Premiers pas

J'ai été conçu au cours de l'hiver 1954 à Vimoutiers, dans cette Normandie dont ma mère était originaire. Elle appartenait à ce que mon père nommait ironiquement « l'aristocratie de la bouse de vache » : mes grands-parents maternels étaient des herbagers, c'est-à-dire des gens qui élevaient des bêtes sur les terres qu'ils possédaient près d'Argentan.

Mon père n'avait rien d'un Normand : c'était un Bigourdan de Juillan, petit village situé près de Tarbes, dans les Pyrénées. Son père – mon grand-père paternel – aurait voulu devenir prêtre. Mais la mort prématurée de mon arrière-grand-père l'a contraint à abandonner le séminaire pour aider sa mère à éduquer ses frères et sœurs. Il a repris la ferme familiale et est devenu un maire très apprécié de son village. Ne pas l'avoir connu fut toujours pour moi un regret.

Mon père aurait aimé planter des vergers sur les terres lui appartenant. Mais mon grand-père voulait qu'il fasse des études, ce que lui n'avait pas pu faire. A son tour, mon père choisit une voie imposée, le notariat. Il intègre une étude à Argentan et c'est ainsi qu'il se retrouve en Normandie, où il épouse ma mère. Ensemble, ils auront six enfants.

Mon père a toujours été un homme audacieux, qui prenait des décisions tranchantes. Pour éviter que ses enfants ne partent en pension, il choisit en 1956 de s'installer comme notaire à Nantes. Le pari était est risqué, car il doit s'endetter. Mais malgré le mépris qu'il inspirait aux bourgeois locaux, il est très vite devenu le notaire des paysans, des ouvriers et des aristocrates. Le petit Bigourdan aura fait son chemin.

***

Je nais donc en 1954. Ce n'est probablement pas le bon moment. Mes parents ont des problèmes de couple et ils ont déjà cinq enfants. Mon père ne veut pas de nouvel enfant. Alors qu'elle est enceinte, il demande plusieurs fois à ma mère d'avorter. A ma naissance, elle sombre dans une dépression profonde. On me confie pour quelques semaines à sa sœur, ma tante Janine, une femme joyeuse chez qui je trouve un accueil charnel et tendre. Alors que je suis seulement âgé de quelques mois, de retour chez mes parents, je souffre d'une toxicose, une affection qui frappe les nourrissons et se caractérise par une déshydratation rapide. C'est ma grand-mère maternelle, venue soutenir sa fille, qui repère l'urgence. Je me vide de mes eaux et je passe tout près de la mort. Grâce à cet événement, la famille m'adopte.

Tandis que mon père travaille et que mes frères et sœurs sont à l'école, je passe mes journées seul avec ma mère jusqu'à l'âge de 6 ans. Cette place de petit dernier suscite la jalousie de mes frères et en particulier de Jean-Louis dont j'ai pris la place, ce qui sera difficile pour lui et perturbera notre relation. Je suis perçu par eux comme le préféré, toujours dans les jupes de sa mère. Pourtant, ce huis-clos avec une femme au regard souvent ailleurs et comme absente de son corps me laisse dans une grande solitude. Je l'aime de tout mon être d'enfant et je recherche par tous les moyens sa présence. Je suis un petit garçon très affectueux, rieur, débordant de vitalité, je suis son chevalier, prêt à la protéger. Mon entrée à l'école en douzième est un déchirement pour nous deux. Nous nous retrouvons pour le goûter, c'est alors « notre moment », autour du chocolat chaud qu'elle me prépare. J'apporte chaque jour de nouvelles questions, de nouveaux sujets de conversation. J'essaie de capter son attention, son regard, comme une nourriture vitale avant que la maîtresse de maison ne reprenne la barre de son bateau. Mes sœurs jouent parfois à la petite maman avec moi, s'extasient de mes boucles blondes, j'aime être dans le clan des femmes. Mes frères, eux, s'en agacent et se moquent de moi. Ils m'appellent « Pimprenelle » avec un ton méprisant, du nom du personnage de la série Nounours que je regarde chaque soir. Cela me fait sortir de mes gonds, j'ai envie de me battre mais je ne fais pas le poids.

Parfois, en l'absence de mon père, ma mère s'anime avec humour et nous dévoile son « petit grain de folie », nous confiant quelle petite fille espiègle elle fut, qui mordait les fesses de son grand-père ! Elle aime nous décrire avec nostalgie la tendresse conjugale et comme a-conflictuelle de ses parents. D'ailleurs, elle ne supporte pas nos conflits d'enfants ; les voix qui montent s'arrêtent net dès qu'elle se met à pleurer. Très pratiquante, elle est un être profondément spirituel, qui enracine sa foi dans l'évangile selon saint Jean. Cela la laisse un peu dans son monde, mais elle me transmet cette quête spirituelle qui ne m'a jamais quitté depuis. Elle lit et relit pour moi *Moïse sauvé des eaux*, un livre que j'adore.

Ma mère sait parfaitement tenir une maison, c'est son domaine, le cœur de son existence. Son amour, elle le met dans chacun des repas qu'elle nous prépare.

Les dîners ne sont pourtant pas une partie de plaisir. Mon père rentre de son travail chaque soir vers 19h30 et nous nous attablons à 20h. Il entrave la parole familiale afin de pouvoir regarder le journal télévisé tandis que nous mangeons. A la maison, il adopte un comportement tyrannique. Dans le vaste jardin, où il réalise son rêve de jeune homme en créant un verger et un potager, il exige que nous venions l'y aider et nous nous employons à chercher les ruses qui nous permettront d'échapper à la corvée.

Et puis il me fait peur. On dirait qu'il prend plaisir à nous terroriser. Au volant de sa DS, il s'amuse à doubler des voitures au sommet des côtes, faisant courir des risques insensés à sa propre famille. C'est un bilieux, aux états imprévisibles, parfois violents. Tous les soirs, j'appréhende son retour. Je le vois parfois humilier ma mère, en particulier le vendredi soir, lorsqu'il lui reproche d'avoir dépensé tout l'argent qu'il lui a laissé pour subvenir aux besoins de la famille au cours de la semaine.

J'ai envie de crier pour que cela s'arrête, mais cela ne sort pas. Je reste sans voix. Et très tôt, j'éprouve une sensation d'étouffement. Un jour, alors que je n'ai que trois ans, je prends les clés du garage familial, j'enfourche mon tricycle rouge et je pars à la recherche de Toto, un être imaginaire dont mon frère Dominique m'a vanté les aventures. La femme du garagiste me repère sur le boulevard Paul Bellamy, m'attrape par le collet et me ramène à la maison. Mais c'est à l'occasion de cette fugue que j'expérimente pour la première fois la liberté. Cet épisode de mon enfance m'a inspiré cette chanson.

Le Tricycle Rouge

Du pays de mon enfance
Je me souviens du silence
Ces longs moments en errance
Cherchant les yeux d'un parent.
Et pour survivre j'me balance
Ma prière est innocence
Une belle audace que je danse
Vers cette terre qui m'attend.

C'est décidé, je me casse
Je taille la route et je trace
Avec mon cœur que j'embrasse
Mon tricycle est mon cheval.
Je ne crains pas qu'on m'arrête
Je me sens fort de ma quête
Ce grand départ c'est ma fête
Tricycle rouge est cheval.

J'avais trois ans, j'ai osé
Quitter ce qui m'étouffait
J'ai pris les clés, j'ai osé
Partir sans me retourner
Ce moment dans ma mémoire
M'a initié à l'espoir
A toujours encore y croire
Fidèle à ma liberté.

Heureusement à la maison il y a ma sœur Michèle, de quatorze ans mon aînée. Elle est mon point d'ancrage. C'est elle qui prend soin de moi quand je suis malade. Et puis, c'est une artiste : elle dessine, fait de la peinture, chante à pleine voix. Je passe des heures à ses côtés, tandis que ses doigts courent sur le piano familial. Je la trouve vivante, créative. Plus tard, quand elle aura quitté le nid familial, elle se mettra à apprendre la guitare.

Lorsqu'elle venait nous rendre visite, elle interprétait des chansons de Joan Baez qui me touchaient profondément. C'est elle qui me donnera, à l'adolescence, les accords de base pour jouer de la guitare. Je lui dois mon éveil à la musique.

D'ailleurs, à l'âge de 5 ans, je demande à mon père d'apprendre à jouer du piano. Mais je me heurte à un refus catégorique. Pour le justifier, mon père avance un argument financier : après Michèle, mes quatre autres frères et sœur ont eux -aussi pris des cours de piano, sans obtenir de résultats. Il considère donc qu'il a perdu suffisamment d'argent. Sa décision est pour moi comme un rideau de fer tiré sur mon désir d'enfant de faire de la musique, une porte qui se referme brutalement.

***

J'entre à l'école à 6 ans. Je m'y ennuie souvent. Mais l'école est aussi un havre qui me permet d'échapper à ce climat pesant dans lequel je me sens comme un vilain petit canard. J'ai une scolarité sans histoire, marquée par de belles amitiés, de bonnes notes et un amour pour les mathématiques que renforcera la rencontre du père Volleau, professeur de lycée, chercheur, artiste, qui faisait le lien entre la poésie, la spiritualité et les mathématiques.

Mais l'ennui ne me quitte pas. Je ne me sens nulle part à ma place.

J'ai 14 ans lorsque surviennent les événements de mai 1968. Ma sœur Fabienne est alors étudiante en lettres et elle participe à des manifestations. Cela suscite des discussions très animées à la maison qui commencent à éveiller en moi la conscience de ma place dans le monde, renforcée quelques mois plus tard par la guerre du Bangladesh. La famine qui touche ce pays au début des années 1970 m'affecte particulièrement. Au point que, à l'occasion d'un déjeuner familial du nouvel an, je jeûne par solidarité avec le peuple bengali et je m'attire les foudres de la famille.

J'ai le sentiment que ma vie n'a pas de sens. Il me manque quelque chose. Un mal-être profond m'envahit, qui ne s'explique pas seulement par l'adolescence. Heureusement, il y a la mer. J'ai la chance d'habiter Nantes et, alors que je suis encore très jeune, mon père achète un champ en pleine nature, situé à Sainte-Marie-sur-Mer, face à l'océan. Il y fait bâtir une maison et y plante une kyrielle d'arbres. Nous y allons presque tous les week-ends et toutes les vacances. J'y vis les plus beaux moments de mon enfance en rêvant face à la mer, en me baignant et en faisant du bateau. L'eau, son flux et son reflux, son horizon infini apaisent ma tristesse. Pourtant mon père, qui m'a initié à la voile, avait des méthodes étranges, comme me jeter à l'eau par-dessus le bateau pour que je sache nager, ou rire de la terreur que m'inspirait la gîte que subissait parfois notre bateau. Malgré ces attitudes très insécurisantes, je lui suis reconnaissant d'avoir permis mon apprentissage de la navigation. Aujourd'hui encore, j'ai un rapport très fort avec la mer. Dans sa contemplation, je retrouve un calme intérieur et le sentiment d'être à la maison.

Dans ces années d'adolescence, je ressens aussi le mal-être des uns et des autres dans notre famille. Dans ma fratrie, les trois premiers semblent mieux s'en sortir. Mais ma sœur Fabienne, ainsi que mon frère Jean-Louis, de cinq ans mon aîné, témoignent d'une grande fragilité psychique. Jean-Louis, qui a lu toute la bibliothèque de mes parents, a coutume de voyager seul chaque été. Je dois être âgé de 14 ou 15 ans quand je passe un week-end seul avec lui, alors qu'il vient de rentrer d'Inde. Ce pays a causé chez lui une perte totale de repères et je reçois de plein fouet sa désorientation et son délire. Je lui rends visite à l'hôpital psychiatrique Saint-Jacques, à Nantes ; avec son humour décalé, il me fait découvrir les cellules capitonnées destinées aux grands malades du service. Cet événement me terrorise. Quand je quitte ma famille, trois ans plus tard, je ne veux pas être le troisième sur la liste. J'ai peur de la folie ancrée dans ma famille.

***

J'ai 17 ans lorsque je fais une rencontre qui va se révéler décisive pour mon avenir : à la télévision, j'entends la parole de l'abbé Pierre. S'adressant aux jeunes, il leur dit en substance : « Ce monde va mal, mais il est entre vos mains. L'important, c'est ce que vous allez en faire ». Je suis chaviré par le discours de cet homme, qui a créé les communautés Emmaüs. Son combat contre la misère et son refus de se taire me touchent profondément.

Très vite, je me renseigne sur le mouvement Emmaüs et j'apprends que sont organisés sous son égide des « camps internationaux de jeunes ». Durant l'été, des jeunes venus principalement d'Europe se retrouvent pendant trois mois à expérimenter la vie de chiffonniers, dans plusieurs départements français. Le problème, c'est que, pour participer à ces camps, il faut avoir 18 ans. Je demande donc à mon père de rédiger une demande de dérogation. A ma grande surprise, il accepte. Et à 17 ans, je me retrouve dans l'un de ces camps internationaux, à Salins-Les-Bains.

Ce premier camp est pour moi un événement fondateur. D'abord, en expérimentant la séparation d'avec ma famille, je bascule dans l'âge adulte ; d'autant que, du haut de mes 17 ans, je suis responsable d'un chantier ! Ensuite, et peut-être surtout, cette expérience entre en résonance avec ma propre sensibilité aux injustices. Il y a bien sûr l'injustice de mon père envers ma mère et envers ses enfants. Mais il y aussi l'injustice sociale que j'ai perçue dès l'enfance dans mon environnement immédiat. Dans la banlieue de Nantes, je vivais dans un quartier bourgeois et j'avais des copains qui habitaient la cité des Dervallières, à quelques encablures de notre maison. Nous jouions au foot ensemble, sans que cela pose le moindre problème : nous étions des enfants. Mais nous n'avions pas la même existence et je voyais bien que sur le terrain de foot cohabitaient deux mondes séparés. J'ai vite senti que l'avenir ne leur réservait pas les mêmes chances.

Au camp international de jeunes de Salins-Les-Bains, je fais enfin quelque chose qui a du sens. Nos actes, les rencontres et les échanges qui ont lieu autour de la misère et des injustices m'aident à mettre en mots ces ressentis. Nous voulons changer le monde. Je rentre donc à Nantes avec une conscience sociale nettement développée.

C'est aussi à cette période que je m'intéresse à la non-violence et que je découvre Gandhi. Je m'engage dans un groupe non-violent qui soutient les objecteurs de conscience et s'oppose aux ventes d'armes. Pour défendre des insoumis totaux au service militaire, nous nous enchaînons le jour aux grilles de la prison de Nantes, et nous sortons la nuit coller des affiches. Une nuit, la police nous embarque et cette garde-à-vue me donne à réfléchir aux conséquences de tout engagement.

Au mois de septembre suivant, j'entre en Terminale. Mais rapidement, je me désintéresse de tout ce qui a trait au lycée. Mes notes s'en ressentent et, à la fin du premier trimestre, je suis dernier de la classe. Le jour où le facteur apporte mon bulletin, mon père organise une espèce de conseil de famille. Je me retrouve face à mes parents et à mes frères. Tous me font part de leur déception : « Toi qui as toujours été bon en classe, comment peux-tu désormais obtenir des résultats aussi médiocres ? » Je garde un souvenir assez fort de ce moment, car j'ai eu le sentiment de me trouver sur le banc des accusés, ceux qui déçoivent les attentes et la fierté familiales. Dans les semaines qui suivent, je décide de ne plus retourner au lycée et de quitter la maison, j'ai besoin de prendre le large. Dans la famille, c'est un drame. Mon père me menace d'avoir recours à la police et ma mère est en larmes. Je passe alors un contrat avec elle : pour la rassurer, je lui promets de passer mon bac par correspondance.

Peu avant la mort de ma mère, 36 ans plus tard, j'ai écrit ce texte :

Dans le ventre de ma mère

Dans le ventre de ma mère,
J'ai rencontré la peur, la terreur,
C'était la voix de mon père
Qui voulait que je meure.

Dans le ventre de ma mère,
J'ai entendu la voix d'un père
Le cri de l'Abbé Pierre,
1954… Hiver !!!
Qui refusait de se taire
Pour que cesse la misère.

J'ai mis le pied à terre,
Mais quand j'ai vu cette Terre,
J'ai voulu faire marche arrière.
Mais la mort m'a dit : dehors !
Elle m'a jeté dans la vie.

La musique m'a attiré tout petit
Et quand mon désir, enfant, j'ai dit
Mon père a crié : interdit !!!

Je suis du camp des sans-voix.
On m'a appris à me taire
Pour la paix de ma mère.
Au pays des non-dits,
Être est le premier interdit
Et tout le monde suit
Pour la paix du pays.

Mais j'ai pas laissé faire,
J'ai enfoui en ma terre
Le secret de ma voix,
Mystère, mais aussi choix
De survivre malgré la mort,
D'oser encore et encore
S'insoumettre aux plus forts.

Ne pouvant être fils,
J'ai débranché les fils.
Puisqu'il n'y pas d'enfance,
J'entre en résistance
Et tout mon être en guerre
Grâce à l'imaginaire
Traverse ce désert.

Aujourd'hui, je lâche mon père,
Je lâche ma mère.
J'ai rencontré un Père

Qui m'aime dès le sein de ma mère.
Il m'a appelé par mon nom !
Il l'a écrit sur la paume de ses mains
Il est là !... Le jour… La nuit…
Tout au long de ma vie!

Aujourd'hui je choisis la vie
Et renonce au « je souffre donc je suis ».
Et comme en renaissance,
Je suis nu mais je suis né,
Avec entre mes mains
Ma voix!

Dans cette nouvelle vie qui démarre, premiers pas d'adulte, je prends un petit appartement avec mon ami Luc. Notre amie Cécile nous rejoindra bientôt. Pour gagner ma vie, je commence à travailler comme ouvrier dans une usine qui fabrique du contreplaqué, aux côtés de femmes à qui est laissé le boulot le plus ingrat et sale, la colle. C'est une expérience très forte que de découvrir le monde des travailleurs et la condition des femmes. Je travaille aussi dans des pépinières; il faut se lever très tôt le matin pour partir faire les cueillettes et les semences. Mais c'est ainsi que j'acquiers mon autonomie.

Parallèlement, fidèle à la promesse faite à ma mère, j'obtiens mon bac par correspondance. Je renouvelle aussi mon engagement dans les camps internationaux de jeunes et passe l'été 1973 à Rodez. Cela me donne envie de travailler de mes mains. Je connaissais un peu le travail manuel : ado, j'allais souvent chez mon cousin Pierre, paysan en Normandie, pour l'aider dans toutes les tâches requises par l'entretien d'une ferme et de ses animaux. A la rentrée 1973, je suis admis à suivre une formation professionnelle accélérée en menuiserie, à La Roche-sur-Yon, à une centaine de kilomètres de Nantes.

L'expérience est passionnante. Dans ma classe, sur seize apprentis, nous sommes deux à avoir le bac et à être issus de familles favorisées. Les autres sont des fils de prolétaires. Alors que nous travaillons par groupe de deux, je noue une belle relation avec Jean-Louis, mon compagnon d'établi. Je l'aide pour le dessin technique et la théorie, lui m'apprend les fondamentaux des gestes manuels. A la suite de cette formation, j'obtiens un CAP en menuiserie avec mention, le seul diplôme dont je sois fier. Les examinateurs me proposent de m'aider à trouver un emploi de menuisier dans la région. Persuadé que mes nouvelles compétences me seront utiles partout, je décide plutôt de voyager en Europe en vivant de la menuiserie.

Je pars en auto-stop pour l'Italie. Mais arrivé à Nîmes, je vois des affiches Emmaüs, et je sens un appel : c'est là que j'ai envie d'être. Le centre de Nîmes m'envoie dans un nouveau camp international de jeunes, à Joyeuse puis à Aubenas et Alès. Je choisis alors de m'engager pour un an dans une communauté de « vrais » chiffonniers.

Ainsi, en 1974, je suis nommé coresponsable d'une communauté Emmaüs d'hommes, à Bourg-en-Bresse. Je connais bien Dominique, l'autre coresponsable : il était le chef de mon premier camp, à Salins-les-Bains. Il est plus âgé que moi, mais il n'a que 24 ans. Et moi, à seulement 20 ans, je suis propulsé chef des chantiers de cette communauté qui accueille des hommes souvent en situation de grande précarité : certains sortent de prison, d'autres sont issus d'hôpitaux psychiatriques et beaucoup viennent de la rue.

Avec ces hommes rejetés par la société, nous récupérons les objets que les gens jettent et nous essayons de leur redonner vie. Mon rôle est de donner une place à chacun selon ses talents et ses compétences : le bricoleur répare les postes de radio et celui qui aime se dépenser physiquement est affecté à la ferraille. Tous les métiers sont nécessaires dans une communauté de chiffonniers.

L'argent gagné par la communauté nous permet de soutenir des projets locaux et des projets dans des pays du tiers-monde. Nous rassemblons et réhabilitons de vieilles machines à coudre pour des femmes d'un village d'Inde, afin de leur permettre de mettre sur pied un atelier de couture autonome.

Emmaüs est aussi un mouvement qui suscite la rencontre de responsables de communautés venus du monde entier. Je fais notamment la connaissance de deux responsables d'une communauté chilienne, qui ont fait plusieurs années de prison sous Pinochet. Ce sont eux qui me poussent à renoncer à être « insoumis total » pour échapper au service militaire ; cela aurait pu me conduire deux ans en prison : « Jean Paul, contrairement au Chili, la France n'est pas une dictature et vous avez un statut d'objecteur de conscience, ça ne vaut pas le coup d'aller en prison ! » Grâce à eux, j'effectue ma demande et j'obtiens ce statut au sein d'Emmaüs.

Certains soirs, j'anime à la guitare des veillées au cours desquelles je parviens à faire chanter les hommes de la communauté, comme je l'ai fait dans les camps internationaux de jeunes. La musique est présente dans mon quotidien mais je ne l'envisage alors pas du tout comme un projet de vie. Pourtant, avec le recul, je me rends compte que j'ai trouvé là les fondamentaux qui se révéleront indispensables à ma vie de chef de chœur et de musicien.

« Travail – Communauté – Service ». Telles sont les trois règles des communautés Emmaüs. « Travail », cela signifie que chacun vit de son travail ; c'est ce qui permet à des hommes de réaffirmer leur dignité.

« Communauté » évoque la notion d'horizontalité, de partage, de respect de chacun et de solidarité par toutes les actions que nous menons ensemble.

« Service », cela implique que le rôle de la communauté est à la fois de permettre à ceux qui y vivent de se remettre debout et de soutenir une action à l'endroit où on se trouve. La communauté est donc un lieu où chacun a sa place et en même temps elle est le fruit de ce que chacun apporte et partage avec les autres.

En tant que chef des chantiers, je suis le garant du cadre, qui est essentiel à Emmaüs : il existe des règles très strictes, comme l'interdiction de la moindre goutte d'alcool. C'est au prix du respect de ces règles que des hommes peuvent se relever et que la communauté peut perdurer.

Après avoir passé une grosse année dans cette communauté de Bourg-en-Bresse, je suis nommé « responsable de région », en charge de l'organisation des camps internationaux d'Emmaüs pour l'été 1975.

A deux, avec un sac à dos et quelques diapos amassées dans une 4L, nous avons deux mois pour ouvrir cinq communautés de jeunes venus de toute l'Europe dans un département, ce qui implique à chaque fois la recherche d'hébergements, la mise en place de chantiers ferraille, papiers et chiffons et la création d'un bric-à-brac destiné à vendre des objets de grande utilité pour les familles en précarité. Nous sommes arrivés à créer un « comité Emmaüs » pour chaque ville, avec des gens engagés de tous poils : des membres actifs d'associations, des cathos, des cocos, des écolos… Emmaüs nous a parfois permis de dépasser des barrières.

***

A l'automne 1975, je viens de rencontrer Caroline, qui deviendra ma première épouse, et je me demande si je dois quitter Emmaüs ou m'y engager plus longtemps. Après avoir récupéré une vieille 403 break estampillée Emmaüs dont nous sommes fiers, Caroline et moi décidons de quitter la communauté, de nous installer à Nantes et de vivre notre engagement autrement. Je suis résolu à devenir éducateur de rues et je trouve un emploi dans une équipe de prévention, au cœur d'un quartier difficile. En parallèle, je suis une formation DEFA, destinée aux futurs éducateurs-animateurs. Dans le cadre de cette formation, je choisis des modules d'expression artistique animés par une compagnie de Saint-Brieuc, le théâtre du Totem. Le soir, j'assiste à leur spectacle poétique, *L'Herbe à tonnerre* : l'artiste se réveille en moi.

Hubert Lenoir – le fondateur du théâtre du Totem – me propose d'effectuer un stage d'été d'un mois. Hubert a la charge du travail théâtral, basé sur le corps : on danse, on cherche à exprimer ses émotions. Il coanime le stage avec Emmanuel Nicaise, un chanteur d'opéra, musicien et pédagogue qui vient de Bruxelles. Par sa pédagogie, il m'amène à chanter, à découvrir ma voix, ma capacité à improviser, à créer des musiques. Je vis cela comme une libération. Ensemble, nous montons puis jouons une création collective, histoire, personnages, répartition des rôles, musique et chants : *Les bâtisseurs du vent.*

C'est décidé : je serai comédien-musicien.

Hubert me propose alors d'intégrer sa troupe. La tentation est grande. « Soyez passionnés et compétents » : cette phrase que l'abbé Pierre répétait souvent est omniprésente à mon esprit. Passionné, je le suis ; mais compétent, je ne le suis pas encore. Je refuse son offre pour aller me former.

Je prends donc des cours de chant et de théâtre à Nantes. Je découvre des univers insoupçonnés, j'éprouve une joie immense en jouant *Caligula* de Camus, *La vie de Timon d'Athènes* de Shakespeare et *Le journal d'un fou* de Gogol. Quand la troupe monte *Les chants de Maldoror* de Lautréamont, j'interprète le rôle d'un coryphée (chef de chœur antique) et le metteur en scène me demande d'improviser avec ma voix. Ce spectacle est vu par William Christie, le célèbre chef d'orchestre baroque. Il vient me voir à la fin du spectacle et m'invite à travailler ma voix sérieusement.

Cet encouragement me pousse à faire le grand saut dans mes études. Je passe des auditions au conservatoire de Paris, au TNS et à Bruxelles. Les structures françaises me font comprendre qu'il est trop tard pour penser à intégrer un cursus artistique : à l'époque, j'ai 23 ans. Moi, je me suis présenté avec une certaine inconscience, sans laquelle je n'aurais jamais osé ces concours. Je m'y jette avec témérité, habité de ce désir brûlant. Je serai bien sûr vite confronté à mes limites, car on ne peut pas brûler toutes les étapes. Il faut 10 ans pour former un musicien, peut-être plus encore s'il n'a plus la capacité d'apprentissage d'un enfant.

C'est le Conservatoire Royal de Bruxelles qui va me donner ma chance, en se montrant plus ouvert : j'y suis reçu en théâtre et poésie. Je tombe sur des enseignants très compétents, qui m'accueillent tel que je suis. Et je suis comme un lion qui veut tout dévorer pour rattraper le temps perdu !

A Bruxelles, je découvre qu'il existe un grand nombre d'académies musicales, qui organisent de la formation pour adultes et qui disposent elles aussi d'un corps enseignant brillant. Parallèlement au conservatoire, je m'inscris ainsi dans une académie pour faire de la flûte traversière, dans une autre pour faire du solfège, de l'harmonie, de la musique de chambre et de l'histoire de la musique, en choisissant soigneusement mes professeurs. Je rentre comme ténor dans un chœur protestant qui interprète la *Passion selon saint Jean*, de Bach.

Je retrouve Emmanuel Nicaise à Bruxelles. Il me fait travailler ma voix et découvrir le monde de l'opéra. Il m'emmène écouter son amie italienne, soprano à l'opéra d'Anvers, qui interprète la messagère de l'*Orfeo* de Monteverdi. Je suis saisi par le bain musical de l'orchestre, des chœurs et des solistes, et fasciné par son cri théâtral « Ahi !!! » qui déclenche les passions : la moitié du public est embarquée par son interprétation audacieuse, l'autre offusquée de ne plus entendre le mi bémol ! Ce soir-là, je décide d'arrêter le théâtre et la poésie au conservatoire pour me consacrer pleinement à la musique. En parallèle, afin de gagner ma vie, j'intègre un atelier de menuisier, dans lequel je fabrique des meubles de style anglais avec des bois de récupération.

***

Je passe deux ans à Bruxelles. Mais entre ces deux années formidables, je fais une autre découverte importante. A l'été 1978, je m'inscris à une session de chœur et de pédagogie organisée à Saint-Céré, dans le Lot. Nous montons le Requiem de Mozart, ainsi qu'une œuvre de Haendel. Tous les matins, nous avons un cours de pédagogie animé par un chef d'orchestre de Bordeaux, qui nous enseigne une pédagogie particulière de la musique, la méthode Martenot, du nom de son concepteur. Et je trouve cette méthode géniale.

Sur le chemin du retour à Bruxelles, je m'arrête à Paris et je me rends au culot chez Maurice Martenot. Ce monsieur assez âgé – il doit alors avoir dans les 80 ans – a créé une école d'art à Neuilly-sur-Seine, centrée sur la musique, le piano et la peinture. Il y assure la formation pédagogique et musicale, auprès de musiciens et de pédagogues qui en ont souvent assez de cette pratique française qui prône l'enseignement du solfège coupé de la musique et l'enseignement de la musique coupé de la personne. Or, l'art pour l'art n'intéresse pas Martenot ; ce qu'il préconise, c'est l'art pour l'homme.

Je passe une après-midi entière avec lui. Je lui raconte mon histoire, sans lui cacher que j'arrive sur le tard dans le monde de la musique. Je lui explique que je vis à Bruxelles, que je n'ai pas beaucoup d'argent. A la fin de mon exposé, Maurice Martenot me regarde droit dans les yeux et me dit : « Monsieur Baget, je cherche des gens comme vous ! Je m'arrache les cheveux avec des personnes qui ont fait de la musique très tôt, car elles ne sentent pas l'esprit de ma pédagogie et de ma recherche. Je vais vous donner une bourse afin que vous puissiez venir ici une journée par semaine et suivre mes cours de pédagogie, ainsi que des cours de langage musical et de relaxation. » Je retourne donc à Bruxelles où, pendant un an, je poursuis ma formation musicale tout en allant travailler avec Maurice Martenot une journée par semaine.

***

A l'été 1979, Caroline et moi décidons de venir vivre à Paris et de nous marier. En juillet, pendant une semaine, nous nous retrouvons à Noirmoutier afin de préparer ce mariage en compagnie d'une vingtaine d'amis. Ils viennent tous d'horizons différents : nous les avons rencontrés à Emmaüs, à Nantes, ou au gré de mes engagements dans le théâtre et la musique. Afin que nous puissions chanter ensemble, j'apporte quelques partitions : l'Ave Verum de Mozart, un negro spiritual, un chant de la liturgie orthodoxe, le Notre-Père de Nicolaï Kedrov, un ou deux chants français... Le problème, c'est qu'il n'y a personne pour faire chanter cette vingtaine de personnes. C'est ainsi que je me retrouve chef de chœur, à faire chanter mes amis pour mon propre mariage. L'expérience se révèle quasi mystique : j'ai le sentiment que la musique est dans mes mains. C'est une évidence : je suis enfin « à la maison ! » Le lendemain de notre mariage, une amie me dit : « Je connais la directrice de la maison de la culture de Montrouge, Marie Bouhier, et je pense qu'il serait intéressant que tu la rencontres». Je n'imaginais pas à quel point elle avait raison.

Avec Marie Bouhier, le courant passe aussitôt. Elle m'engage pour travailler à ses côtés en tant que chef de chœur. Elle me donne carte blanche pour créer un chœur d'adultes, deux chœurs d'enfants et, plus tard, des formations pour les chanteurs. Après quelques mois, grâce à la confiance de ce mentor, je suis payé en tant que professionnel de la direction de chœur, alors que je n'ai jamais fait cela de ma vie!

Parallèlement, je continue de me former auprès de Maurice Martenot. Quand il invite, dans son école, le chef de chœur Philippe Caillard à créer un cours de direction de chœur, je suis pour la première fois en contact avec les formations qui existent à Paris. C'est essentiel pour moi: fidèle à ma ligne de conduite et à l'injonction de l'abbé Pierre, je tiens absolument à me former à la direction de chœur. Après Philippe Caillard, j'effectue donc d'autres stages en France et à l'étranger, auprès de gens comme Stéphane Caillat, Hélène Guy, Jean Golgevit, Eric Ericson…

Je ne suis pas toujours à mon aise dans ces stages: pour la première fois, je souffre de ne pas avoir suivi de formation musicale depuis l'enfance. Mes compétences en matière de voix et de déchiffrage sont inférieures à celles des autres. Certaines personnes me le font bien comprendre et je me sens humilié:

je rougis comme à l'école. Je devrai me débrouiller toute ma vie avec cette carence technique, ce décalage. Mais j'apprends pas mal de choses et je me construis une solide « caisse à outils » de menuisier des sons et des voix.

En outre, dans le cadre de ces stages, je fais la connaissance d'Arlette Steyer et de Laure Florentin. Créatrice et cheffe de chœur de la maîtrise de Colmar, Arlette Steyer m'invite à pousser ma formation au plus haut niveau. Quant à Laure Florentin, chanteuse et professeure de chant, elle me permet de rencontrer une nouvelle fois William Christie dans le cadre du cours de musique baroque qu'il donne au Conservatoire National Supérieur de Musique de Paris. Je le trouve passionnant, et je me mets à rêver de ce que je pourrais apprendre de lui. Je vois bien que cet homme charismatique est touché par le jeune homme que je suis. Mais il y a dans son attitude une forme confuse de séduction qui me met mal à l'aise. Je pars en courant, ne sachant comment dépasser ce court-circuit de la relation de transmission. Me voir dragué par lui m'empêche d'être son élève. Je serai moi aussi confronté un jour au pouvoir que l'on a comme chef auprès de ses élèves et au travail nécessaire de clarification que cela demande.

Arlette Steyer et Laure Florentin me poussent à rester créatif et intuitif. Et c'est sans doute pour cela que je traverse les stages sans trop de problèmes : je me rends compte que j'ai un sacré avantage par rapport à ceux qui ont baigné dans la musique depuis leur enfance. J'ai tout simplement la chance d'être tous les jours sur le terrain, curieux, ouvert, avide, sans idées préconçues : en dirigeant le chœur de Montrouge, que je nomme *Contretemps*, j'expérimente la pédagogie sur le tas et j'apprends beaucoup. Le contraste est saisissant entre ce que j'apprends dans les stages et ce que je pratique avec le chœur. Dans la vision classique de la direction de chœur, le chef de chœur est au pupitre et il dirige un groupe assis, immobile devant sa partition. Dans ma pratique un peu iconoclaste, les chanteurs restent le moins possible assis, ils se mettent en mouvement et ils chantent des textes que je leur demande d'apprendre par cœur. J'invente. En somme, avec les moyens limités qui sont les miens, j'arrive à donner naissance à une pédagogie vivante. En me montrant créatif, à l'image d'un chercheur comme Maurice Martenot, je crée ma propre méthode.

Les chanteurs du chœur Contretemps me font prendre conscience de son efficacité. Ils me font comprendre qu'ils ont envie de chanter sous ma direction, que ce qu'ils trouvent dans notre chœur est précieux et unique. Cela me donne une confiance incroyable en mon travail. Cela m'encourage à poursuivre mes recherches, à inventer de nouveaux exercices, à oser des répertoires, à aller à la rencontre de musiciens pour nouer de nouvelles collaborations.

Cependant, les échanges avec Arlette ou Laure me confrontent à un dilemme personnel. Jusqu'où pousser l'exigence ? Je suis attiré par des grands artistes, des grands chefs comme Léonard Bernstein, John Eliot Gardiner, Seiji Ozawa ou Eric Ericson mais je bute sur les bases qui me manquent. Elles, sont persuadées que je peux combler ces manques. J'ai l'impression d'en avoir le désir, peut-être le potentiel, mais pas les moyens. S'agit-il de peur ? De fainéantise ? Cela me semble une montagne. Choisir de travailler auprès de chanteurs amateurs est-il une manière de renoncer, d'éviter le monde des musiciens et chanteurs professionnels ? Peut-on être un grand chef dans une petite association ? Qu'est-ce que réussir sa vie ?

Même si j'ai la chance de rencontrer en France quelques musiciens dont je me sens proche, c'est la rencontre de musiciens étrangers qui va m'ouvrir de nouveaux horizons. Souvent des exilés politiques venus d'Amérique du Sud, comme le pianiste argentin Miguel Angel Estrella ou le chanteur chilien Angel Parra, fils de la musicienne et chanteuse Violeta Parra. Certains de ces artistes me proposent de monter des œuvres qu'ils ont composées dans leur pays. Ces musiciens célèbres me font confiance, à moi qui ne me sens pas à l'aise et un peu illégitime dans ce petit monde des chefs de chœur en France. Je me retrouve donc à diriger des musiciens sud-américains professionnels et le chœur Contretemps qui chante avec eux. Et cela fait partie intégrante de ma formation : dans ma démarche autodidacte, j'apprends aussi beaucoup en rencontrant ces êtres passionnés et compétents, qui me donnent des défis à accomplir et les moyens de les réaliser.

Après la musique sud-américaine, je découvre aussi la musique indienne. Depuis que j'ai lu *Tous les hommes sont frères*, de Gandhi, je me passionne pour la culture orientale. Je découvre le chant indien aux côtés de Savitry Nair, une chanteuse, musicienne et danseuse qui a beaucoup œuvré pour la diffusion de sa culture en Europe. A ses côtés, je pratique pendant deux ans le chant et l'improvisation sur la tampura, un instrument à cordes répandu en Inde. Elle avait coutume de me répéter quelque chose qui m'aide encore beaucoup dans ma pratique pédagogique : « Mon but n'est pas que vous deveniez un professionnel de la musique indienne, mais que vous ouvriez différemment votre oreille à votre musique. »

***

1984 est une année importante pour moi. Avant tout, c'est l'année de la naissance de ma fille Marie : sa naissance va ouvrir une nouvelle tranche de vie. Me voici père d'un être unique, au regard pétillant de vie et d'espérance : fierté, responsabilité, et appel à grandir… 1984, c'est aussi l'année où mon ami Luc Guilloré – un chef de chœur breton passionné par le collectage chez les anciens des chants de la tradition orale, qu'il harmonise avec talent – m'invite à partir avec lui en Hongrie. Après un voyage en train à travers les montagnes autrichiennes, impressionné par les contrôles organisés au passage du rideau de fer, je me retrouve à Budapest. La Hongrie est alors occupée par les Russes, et ses habitants survivent notamment grâce à l'art, à la culture et au sport. Je vois que, sitôt sortis de l'usine, les Hongrois se rendent à l'opéra : à l'école, ils ont acquis une culture musicale de qualité. L'organisation du temps scolaire n'est pas la même qu'en France : les enfants commencent la journée par une heure d'éducation musicale et du temps est libéré dans l'après-midi pour l'apprentissage des langues et pour la pratique sportive. Je constate que, pour eux, ces pratiques culturelles sont un moyen de résister.

L'éducation musicale a été élaborée en Hongrie après la Deuxième Guerre mondiale, quand les compositeurs et pédagogues Béla Bartok et Zoltan Kodaly ont eu carte blanche pour établir un enseignement musical de qualité et destiné à tous. Ils ont d'abord collecté en Hongrie et dans les pays limitrophes toutes les mélodies et tous les chants populaires hongrois, à l'écoute des anciens. Ensuite, sur cette base, ils ont créé une pédagogie pour tous et la « méthode active Kodaly » a été enseignée à tous les enfants de Hongrie. Résultat : les Hongrois sont un peuple de musiciens et le chant polyphonique occupe dans leur pays une place centrale.

La rencontre avec la Hongrie fut pour moi un véritable coup de cHœur ! Durant mon séjour, je rencontre les meilleurs chefs de chœur hongrois : Maria Katanics, Istvan Parkaï, Gabor Ugrin, Éva Kollár… Je fais aussi la connaissance de la journaliste et écrivaine Erzsébet Schaeffer, qui partage avec moi son réseau hongrois et roumain, et qui deviendra une amie précieuse.

Avec un aplomb que je dois tenir de mon père, je propose rapidement à Éva Kollár un échange entre le chœur Contretemps et le chœur Monteverdi, qu'elle a créé à Budapest et qui est l'un des meilleurs du pays. L'échange se fera en 1986 ; nous serons accueillis dans les meilleurs endroits de Hongrie. Et en 1987, nous recevrons le chœur Monteverdi en France. Un vrai bonheur de musique et d'amitié !

***

De retour en France après mon premier séjour en Hongrie, je sens un nouveau souffle naître dans mon travail. Pour les chœurs d'adultes, j'élabore un nouveau répertoire de chants du monde dans les langues originales et nous chantons dans des églises mais aussi dans des quartiers difficiles, où est implanté le mouvement ATD Quart Monde.

Grâce à Laure Florentin, je rencontre Bernard Têtu, qui dirige la classe de direction de chœur au Conservatoire National Supérieur de Musique de Lyon. Il m'invite à passer le mois de septembre au sein de sa classe et notamment à effectuer un stage d'une semaine sur le chant grégorien à l'abbaye de Solesmes. En octobre 1985, je passe le concours d'entrée au CNSM de Lyon. Après une épreuve chantée, je dirige le Requiem de Verdi avec le chœur de l'opéra de Lyon. Je m'adresse à ses membres comme au chœur Contretemps de Montrouge, en évoquant des images, des couleurs, des intentions… Les chanteurs accrochent, la musique est là, mais Gilbert Amy, le nouveau directeur, me rabroue en m'invitant à parler « un autre langage », plus technique. Mes résultats aux épreuves techniques de solfège et harmonie m'excluent du CNSM.

C'est un échec douloureux. Je vis l'absence de Bernard Têtu dans le jury comme un abandon de sa part. Je crois que j'ai encore un grand besoin de reconnaissance : je suis à la recherche d'un père, initiateur et encourageant. Ce sont les liens humains, souvent affectifs que je tisse avec les autres qui me donnent l'espoir de combler mes difficultés techniques. Cette fois, la porte des musiciens professionnels semble se fermer pour moi. Je tente de me rassurer avec le retour de Nicole Corti, une élève en fin d'année d'études de direction qui reprendra ensuite la classe de Bernard Têtu. Elle me dit : « J'ai aimé ton travail avec le chœur sur le Requiem ; Pierre Cochereau, l'ancien directeur, t'aurait donné ta chance. »

Je digère cet échec et je rebondis grâce à ma rencontre avec Pierre Cao. J'assiste à ses cours au conservatoire du Luxembourg, mais aussi à quelques master classes avec Michel Corboz et d'autres chefs qu'il invite. Un jour, je passe en direction sur un chœur de la Renaissance anglaise, *Weep o mine eyes*, et j'ose un travail corporel et poétique avec le chœur. Pierre Cao vient me voir immédiatement après : « Ce que tu fais, je ne l'ai jamais vu. C'est un peu un autre monde pour moi et je ne peux pas t'accompagner sur ton chemin. Mais je t'invite à continuer à chercher et à assumer ton originalité. »

Parallèlement, avec l'appui de l'adjoint à la culture à la mairie de Montrouge et de Marie Bouhier, ma directrice, je développe un projet musical destiné aux écoles de la ville. Je propose de transmettre aux enfants ce trésor que constitue la musique, nourri de ce que j'ai découvert en Hongrie. Il est très important pour moi de toucher tous les enfants, pas seulement ceux que leurs parents inscrivent au conservatoire. Je mets donc en place des partenariats avec les instituteurs, avec un projet différent pour chacun : chaque classe propose un thème et j'apporte le répertoire de chants adapté à ce choix. Certains instituteurs sont favorables à l'opération, d'autres y sont opposés, d'autres encore s'en moquent un peu. Au début, je suis pour certains comme un intrus dans leur classe. Et puis, après un temps d'apprivoisement mutuel, la confiance naît. Chacun des instituteurs s'empare de cette occasion et nous vivons des moments passionnants, avec de réels défis musicaux. Parfois, nous n'avons pas de salle pour cette activité, alors nous poussons les tables pour pouvoir chanter, bouger, faire des mouvements, créer des chorégraphies, apprendre des chants. Avec les instituteurs, nous travaillons en co-création.

Après un essai d'une année, l'expérience est reconduite. Et c'est extrêmement précieux pour moi : j'ai pu suivre les enfants du CP au CM2 et mesurer leur progression musicale. Surtout, je crois pouvoir affirmer que tous ces élèves, les instits et les parents ont été heureux de cette expérience, ils s'y sont épanouis.

Peut-être était-ce une façon de réparer ce dont j'avais manqué enfant ? J'ai souvent ressenti la force de cette expérience mystérieuse : transmettre à d'autres ce que je n'ai pas reçu...

La main des maîtres

Mon parcours est comme un chemin initiatique, parsemé de rencontres avec des gens venus d'horizons divers, qui m'ont offert leur expérience et, parfois, leur amitié. Ils m'ont donné protection et permission, des biens extrêmement précieux pour un homme en apprentissage. J'ai évoqué précédemment quelques-uns d'entre eux. Voici le temps de préciser ce que ces hommes et ces femmes m'ont laissé en héritage.

***

Ma vie aurait pris un cours différent si je n'avais pas croisé le chemin de Maurice Martenot à l'époque de mes deux années bruxelloises. Un demi-siècle auparavant, ce défricheur avait inventé l'instrument de musique qui porte son nom, les ondes Martenot, un des tout premiers instruments de musique électronique au son poétique et proche de la voix. Puis il s'était employé à créer une pédagogie musicale vivante, destinée à sortir du carcan du solfège qui décourage tant de musiciens. Basée sur le rythme, la mélodie, l'harmonie, l'écoute et le chant intérieur, cette « méthode Martenot » constitue une invitation à vivre la musique de tout son être, avec son corps et avec son cœur. Dans son école d'art, il y avait des temps de pédagogie musicale, bien entendu. Mais en milieu de journée, nous suivions aussi un cours obligatoire de relaxation, au cours duquel nous étions invités à détendre notre corps et à entrer dans notre conscience. Maurice Martenot m'a initié à une qualité de présence à moi-même et aux autres, nouvelle pour moi.

Il opposait l'enseignant d'art à l'éducateur par l'art. Selon lui, la pédagogie artistique relevait en effet de l'éducation. *Dans Principes fondamentaux de formation musicale et leur application*, il écrit : « L'éducateur devra commencer par entreprendre un travail sur lui-même. Il aura à cœur de transmettre en quelque sorte par osmose, la richesse de son être entier sans cesse évoluant et progressant vers un plus être. Développer son oreille, ses qualités musicales, ses connaissances théoriques et techniques, mais aussi et surtout progresser dans la juste confiance en lui-même et en la vie, dans l'expression de plus en plus juste, forte et nuancée à la fois de ses gestes et de ses paroles. C'est un travail exigeant qui réclame une vigilance de chaque instant et c'est à cette seule condition que l'éducateur éprouvera et saura faire éprouver toute la richesse de cet art suprême qu'est la vie ». Ce livre est sous-titré *L'esprit avant la lettre, le cœur avant l'intellect.*

A la fin de sa vie, Maurice Martenot regrettait d'avoir écrit ce livre parce que certains de ses élèves avaient entrepris de faire de sa pédagogie une « super méthode » d'apprentissage du solfège et se mettaient à appliquer ses principes à la lettre. Il s'en arrachait les cheveux, le pauvre... En ce qui me concerne, même si ses enseignements m'ont donné une solide « boîte à outils », je n'ai pas tellement appliqué la méthode Martenot. J'ai préféré écouter ce précepte de Jean Jaurès qu'il aimait nous répéter : « On n'enseigne pas ce que l'on sait, ou ce que l'on croit savoir : on n'enseigne et on ne peut enseigner que ce que l'on est. » C'est Martenot qui m'a permis de me sentir légitime pour faire mes propres recherches, avec sincérité et exigence.

Mon apprentissage auprès de Maurice Martenot fait écho à ma rencontre avec César Geoffray, chef de chœur, compositeur et immense pédagogue que je n'ai malheureusement connu qu'à travers ses livres ou des témoignages. Après la Deuxième Guerre mondiale, à l'époque du grand élan en faveur de l'éducation populaire, César Geoffray avait donné naissance au mouvement *A cœur joie*. Rapidement, cette association de chant choral a compté plusieurs centaines de chorales réparties dans l'ensemble du monde francophone. Elle est notamment à l'origine des *Choralies*, un rassemblement de choristes qui se tient tous les trois ans depuis 1953 à Vaisons-la-Romaine.

L'action de César Geoffray reposait sur un principe simple: donner le meilleur à tous. Il tenait à ce que chacun puisse chanter, les amateurs comme les professionnels. Aux chefs de chœur, il proposait une formation qui tienne compte de leurs capacités humaines. « Le chef de chœur n'est pas qu'un technicien, c'est un homme qui doit trouver son autorité qui engage et non qui oblige. Il associe savoir-faire et maîtrise de soi. Il doit amener par sa seule présence une sensation d'harmonie. Il a pour mission de donner vie », peut-on ainsi lire dans *César Geoffray par ses textes* (éditions A cœur joie).

Qu'est-ce qui fait que je ne me suis pas engagé dans ce mouvement ? J'y ai fait quelques stages de direction de chœur et quelques belles rencontres, comme celles de Luc Guilloré, Hélène Guy ou Pierre Cao. Mais je n'étais pas à l'aise avec les orientations conservatrices de la nouvelle direction, qui bridaient l'élan de recherche ouvert et novateur, et généraient un combat d'ego des chefs.

Comme César Geoffray, je n'ai connu Nadia Boulanger qu'à travers son œuvre et ses écrits. Mais elle a énormément compté pour moi. C'était une musicienne et cheffe d'orchestre de talent, mais c'était avant tout une pédagogue de génie. A la direction du conservatoire américain de Fontainebleau et dans le cadre de ses célèbres cours de la rue Ballu, elle a compté parmi ses élèves Daniel Barenboïm, Igor Stravinsky, Leonard Bernstein, Vladimir Cosma, George Gershwin, Quincy Jones, Michel Legrand ou Astor Piazzolla… Bruno Monsaingeon a publié en 1980 un livre d'entretiens avec Nadia Boulanger, intitulé *Mademoiselle*, qui contient toute l'essence de son enseignement, lequel s'appuie sur trois vertus cardinales.

L'attention, tout d'abord : Nadia Boulanger invite à cette qualité de présence et d'écoute pour chaque note de musique. Pour elle, « Tout homme qui agit sans faire attention, perd sa vie », ou encore : « Chaque note doit être un essentiel ».

Dans le lien avec ma mère, avec mes proches comme avec mes élèves, je me vois revenir sans cesse à cette question intérieure ou explicite : « T'es là ou t'es pas là ? » J'ai besoin de sentir ou de réveiller une vraie qualité de présence ; la demi-mesure m'angoisse ou me fait fuir, tandis que les connexions d'être à être me donnent le sentiment d'exister.

Le désir, ensuite : Nadia Boulanger cite cette phrase de Paul Valéry, inscrite sur le fronton du palais de Chaillot, à Paris : « Il dépend de celui qui passe / Que je sois tombe ou trésor / Que je parle ou me taise / Ceci dépend de toi / Ami n'entre pas sans désir ».

Le désir trace aussi cette frontière entre le vivant et le mort. C'est lui qui me met en mouvement, en vie et en création. Dans ma vie sociale comme professionnelle, j'aime « allumer le feu », qu'il y ait du fond, du contenu et du goût… Comme dit Stravinsky, cité dans *Mademoiselle* à propos d'un projet qu'il refuse, « Je ne peux pas, cela ne me donne pas de salive ».

Enfin, la mémoire. Nadia Boulanger cite Montaigne : « Sans mémoire, je n'ai pas de présent, pas de passé, pas d'avenir. Je n'ai que quelque chose de très fugitif qui n'est relié à rien. »

J'ai accordé beaucoup d'importance à la relecture de ma vie. J'ai aussi entraîné mes élèves à faire mémoire de ce qu'ils ont vécu pendant un stage, un projet, une année, à mettre en mots leur expérience pour en prendre conscience. Je leur demande de se souvenir et de partager trois étincelles, moments forts et concrets, ou d'écrire et dire le chemin parcouru, ce qu'ils en retirent et quelles voies nouvelles cela ouvre pour eux. Pour moi, l'attention et le désir ne suffisent pas à inscrire l'expérience comme une réalité tangible. L'ancrage dans la terre passe par la mémoire. Le témoignage de mes élèves m'offre un miroir, des traces sensibles sur le chemin, qui me révèlent qui je suis et ce que je suis appelé à être par ce travail, comme une photo passée au révélateur. Cela fait de mes élèves des maîtres, un peu comme mes enfants pour le père que je suis devenu.

***

J'ai eu la chance de croiser le chemin de plusieurs chefs de chœur auprès desquels j'ai beaucoup appris. Je pense notamment à Jean Golgevit, un « dissident » d'*A cœur joie* que j'ai eu comme maître de direction de chœur. Il conduisait une recherche pédagogique intéressante, notamment autour du comportement, de la responsabilisation et du travail… sans chef de chœur ! Il m'a probablement fait comprendre qu'il y avait un juste équilibre à trouver entre l'absence totale de chef et le chef tout-puissant.

C'est en me rendant au festival de Pécs, en Hongrie, que j'ai rencontré Éva Kollár, venue concourir avec son chœur, le chœur Monteverdi de Budapest.

Assis près de Mária Katanics, son maître de direction chorale, j'engage la conversation et lui fais part de mon souhait de faire un échange entre le chœur *Contretemps*, que je dirige à l'époque à Montrouge, et un chœur hongrois. Elle m'invite alors à observer la posture de chaque chef : posture de fermeture avec les pieds en V vers l'intérieur, des gestes qui imposent ; posture verticale, au-dessus du chœur, énergie « moi moi moi » ; posture d'ouverture avec les pieds parallèles, des gestes qui reçoivent et laissent l'énergie du chœur les traverser pour être donnée au public ; posture horizontale où le chef est au service du chœur et de la musique. Et de constater l'état dégagé par les chanteurs : stressés par l'enjeu du concours ou la peur de la fausse note ou du chef ; joyeux de donner, de vibrer, de chanter…

Après le passage de tous les chœurs, Mária me demande : « Alors, lequel t'a touché ? » Je lui réponds sans hésiter : « Éva Kollár et le chœur Monteverdi ! » Elle ajoute : « Tu as la réponse à ta question. »

J'ai osé aller voir Eva pour lui faire part de ma demande, qu'elle a acceptée à mon grand étonnement. Ce fut le début d'une longue amitié musicale et humaine. Éva Kollár conjuguait à la fois l'exigence, la créativité, la passion et l'humilité. Elle a toujours considéré le chant choral comme un outil privilégié de l'épanouissement de l'être humain. Je contemplais ses chanteurs, qui exprimaient leur bonheur de chanter sous sa direction. Elle m'a honoré de sa confiance et je lui en sais infiniment gré.

Quelques années après l'échange entre nos deux chœurs, elle est revenue vers moi pour me demander d'assurer à Budapest, à destination de 120 chefs de chœur professionnels, une masterclass sur la musique française, de la Renaissance à la musique contemporaine. Un sentiment d'illégitimité me donnait envie de refuser, mais son insistance m'a encouragé à dépasser ma peur. J'ai transmis qui j'étais, simplement et avec enthousiasme. Le concert de fin de stage réunissait de grands chefs, comme István Párkai. J'ai ressenti à ce moment-là à la fois la fragilité et la puissance d'être moi-même. Leurs retours m'ont donné un nouveau souffle pour continuer ma recherche en France.

En France, dans le monde de la chanson française, Christian Dente fut comme un mentor pour moi. Poète, homme du théâtre et de la chanson, il avait fondé l'École de la Chanson de Paris (aujourd'hui Manufacture Chanson) qui formait des auteurs-compositeurs-interprètes. A l'occasion d'une présentation d'élèves, j'ai osé aller à sa rencontre pour lui dire : « Beaucoup de ces jeunes artistes, centrés sur leur interprétation, n'écoutent pas les musiciens qui les accompagnent. Chanter en chœur leur ferait le plus grand bien ! » Après être venu découvrir mon travail, il m'a engagé dans son école pour des ateliers de polyphonie et m'a donné carte blanche pour ouvrir leurs oreilles, leur faire découvrir d'autres musiques. Ils appréciaient particulièrement mon répertoire de chants sacrés, au point que quelques-uns, avec espièglerie, m'appelaient « Monsieur l'abbé » ! J'ai aimé travailler avec ce nouveau public et les défis de nouveaux spectacles que me lançait chaque année Christian. J'y ai travaillé une trentaine d'années.

***

Outre ces maîtres de musique, d'autres phares sont venus m'éclairer pour m'aider à trouver ma place dans ce monde.

Le premier d'entre eux est bien entendu l'abbé Pierre, que j'ai eu la chance de rencontrer à l'âge de 17 ans durant les camps internationaux de jeunes Emmaüs. Il nous disait : « Le monde est entre vos mains » et nous invitait à nous engager sans attendre. Je me suis mis en marche, simplement en entendant le son de sa voix, à un moment où je cherchais un sens à ma vie. J'entendais son obstination à toujours « servir premier le plus souffrant. » Plus tard, quand je suis devenu chef de chœur, je me suis toujours posé cette question de la musique par rapport aux plus fragiles.

Je continue de me référer aux trois règles d'Emmaüs dans mon activité de chef de chœur. Le travail, c'est l'exigence, l'engagement de chacun. La communauté, c'est l'horizontalité et la relation aux autres. Et le service, c'est l'importance de donner son chant, de donner ce dont le monde a besoin.

Ma rencontre avec le père Joseph Wresinski, fondateur du Mouvement ATD Quart Monde, creuse le même sillon. Après la création du chœur Contretemps au début des années 1980, je cherchais à m'engager en tant que musicien. Ayant connu la grande pauvreté durant son enfance, le père Joseph menait un rude combat contre toutes les formes d'assistanat. Il avait un projet de société qui reposait sur l'idée que la parole des citoyens les plus pauvres et exclus est essentielle pour l'avènement d'un monde de justice et de paix. Il voulait que ces citoyens puissent bénéficier de l'ensemble des droits fondamentaux reconnus à toute personne membre de la société : droit à l'emploi, à la formation, au logement, à la santé, à l'éducation et la culture...

En décembre 1985, lors de son intervention au colloque *Culture et pauvreté* à La Tourette (L'Arbresle), il avait exprimé le souhait que soit entendue et respectée la parole de ceux qui avaient été exclus du savoir, de la connaissance, de la culture et de l'art. Il était très sensible à l'art et aux artistes, soucieux que chacun, quelle que soit son origine sociale, puisse développer sa fibre artistique. Cette phrase de lui est devenue une devise du Mouvement : « Le meilleur de soi-même, enfin partagé, est bien la réponse à la question humaine de l'exclusion ».

Sa soif de dignité pour tous entrait en résonance avec mes propres valeurs.

Lorsqu'en 1986, à l'occasion d'un concert rassemblant de nombreux représentants du Quart Monde, nous avons interprété des negro spirituals, *L'oratorio para el pueblo* d'Angel Parra et des chants de musique sacrée et profane des pays de l'Est, Joseph Wresinski était là. Et il a été extrêmement touché par le fait que les familles présentes soient attentives et réceptives à cette musique. Dans la semaine qui a suivi, il m'a envoyé une lettre : « Cher ami, merci de créer des chemins de rencontre avec les familles les plus pauvres. Comme vous l'avez dit, la musique n'a pas de frontières. Partout où je suis allé, que ce soit dans les aldeas du Guatemala, les mornes d'Haïti, les slums de Thaïlande, les bidonvilles d'Europe, partout j'ai entendu chanter. Pour les 30 ans du mouvement, l'an prochain, je me suis pris à rêver d'un concert ininterrompu à travers le monde, le jour même des 30 ans, regroupant un peu partout des chorales ; mais ce n'est qu'un rêve que je tenais à vous partager. Encore merci pour cette extraordinaire soirée, d'où les familles sont revenues fières. Père Joseph ».

Au cours des mois suivants, je me suis retrouvé coordinateur musical d'une grande opération appelée « 100 000 voix pour les sans voix », en lien avec deux volontaires d'ATD Quart Monde, Benoît Fabiani et Jean-Michel Defromont, chargés de l'organisation des 30 ans du mouvement. J'ai aimé faire équipe avec Benoît, un capitaine compétent, audacieux et juste, et avec Jean-Michel, à la plume de poète inspiré et visionnaire. J'ai beaucoup appris dans cet « accordage » du meilleur de chacun au service d'une cause et d'un projet. Nous avons écrit à de nombreux chefs de chœur amateurs et professionnels, ce qui fut l'occasion pour moi de recontacter le mouvement *A cœur joie*, qui me semblait retrouver dans ces années-là un peu de la flamme de César Geoffray et s'engageait à fond dans cet événement. Le succès a été au rendez-vous et de nombreux concerts se sont déroulés en 1987.

L'apothéose eut lieu le 17 octobre, à l'occasion de la première Journée mondiale du refus de la misère, place du Trocadéro, à Paris. Joseph Wresinski dévoilait ce jour-là la dalle sur laquelle sont gravés ses mots: « Là où des hommes sont condamnés à vivre dans la misère, les droits de l'homme sont violés. S'unir pour les faire respecter est un devoir sacré ». De nombreuses associations s'étaient mobilisées toute la journée pour cet événement international dans un grand village situé au pied du Trocadéro, une opération intitulée « Justice au cœur ». Le soir, dans une mise en scène puissante, le peuple du Quart Monde en marche depuis la tour Eiffel venait frapper à la porte de la Ville, la porte de notre monde, devant cent mille personnes et des personnalités publiques. Moment intense dont j'ai assuré la direction musicale avec de nombreuses chorales de France.

Avec le père Joseph, l'accordage passait aussi par la confrontation qui poussait chacun au discernement dans ses actions. J'avais répondu, honoré de sa confiance, à son appel enthousiaste et visionnaire. Mais lorsqu'il a débarqué au milieu de la répétition d'un chant croate pour préparer cette journée du 17 octobre, il s'est écrié : « Mais qu'est-ce que vous faites ? On ne comprend rien ! Vous ne pouvez pas chanter en français ?!! » Pendant quelques secondes, je fus terrassé. J'avais choisi de beaux chants du monde pour relier les continents, je voulais le meilleur, partager cette beauté. Je sentais bien que c'était un défi mais avec mon expérience, il me semblait que c'était possible. Et juste. J'ai continué ma tâche, à l'écoute de ses réticences mais sans me démonter. Je l'ai conquis quelque temps plus tard lorsque j'ai contacté John Littleton, un chanteur célèbre de negro spirituals, pour venir chanter sur la scène du Trocadéro *O Freedom*, accompagné par les chœurs. Joseph admirait cet artiste et, à l'occasion d'un repas partagé, j'ai vu dans ses yeux l'émerveillement d'un enfant et de l'artiste qu'il aurait aimé être. Le soir du 17 octobre, il m'a étreint comme un bon père pour me remercier de la beauté de tous ces chants « du monde ».

Dix ans plus tard, en 1997, Brigitte Bourcier, responsable de l'Université Populaire Quart Monde de Paris, me contacta en me disant, en substance : « Nous avons fait tout un travail pour l'accès à la connaissance et aux savoirs, et pour donner la parole aux hommes et femmes du Quart Monde. Mais je sens combien ces hommes et femmes sont mal dans leur corps. Toi qui travailles la musique par le corps, penses-tu qu'il y aurait quelque chose à faire ensemble ? » Nous avons commencé par effectuer trois rencontres musicales à la Cave, dans le 5ème arrondissement de Paris, lieu célèbre des Universités Populaires créées par le père Joseph, pour finalement donner naissance à l'*Atelier Chant* d'ATD Quart Monde qui a duré dix ans.

Le partenariat avec Brigitte a été la base de cette aventure. Nos caractères bien trempés se sont frottés l'un à l'autre et accordés dans une alliance fondée sur la liberté, la créativité et l'engagement. Une alliance qui entrait en résonance avec celle que j'avais nouée en 1987 avec son mari, Benoît Fabiani. J'ai beaucoup appris de nos rendez-vous réguliers, de son attention inconditionnelle au plus fragile, de sa façon de nous encourager à « ne pas faire les malins », de sa détermination et de son audace à déranger parfois les responsables du mouvement ATD Quart Monde, pour défendre ce qui nous semblait juste pour les hommes et femmes de l'Atelier Chant. Une amitié s'est tissée dans le partage de nos fragilités, de nos blessures familiales et de nos chemins de résilience.

Je préparais les répétitions en me donnant à fond. Mais j'ai surtout appris à me préparer moi-même, car à chaque rencontre de l'Atelier Chant, je devais accepter de ne pas tout savoir et d'accueillir l'instant présent. Dès la troisième année, j'ai initié un partenariat avec le chœur de jeunes Passador, que je venais de créer. Chacun a pu en retirer des bienfaits. Pour les hommes et femmes en situation de grande pauvreté, cela a été une transmission vivante de la musique. Pour les jeunes, cela a été une école de la vie, par la rencontre d'être à être au-delà des apparences, grâce à la musique. Anne témoigna de cette expérience dans la *Revue Quart Monde* n° 251 (Chanter la dignité, 2019/3) : « Je retiens l'appréhension de rencontrer des personnes qui vivent des choses si différentes de moi, dans des contextes si difficiles que tout ce que j'ai connu semble futile à côté, puis le soulagement de les découvrir semblables, proches. Je me suis sentie engagée comme chaque personne de ce groupe. »

J'ai grandi avec ces hommes, ces femmes et ces jeunes que j'accompagnais. Ils m'ont initié en me montrant le chemin que nous avons tracé ensemble. Chacun a pu trouver sa voix et a su puiser dans cette expérience une fierté, une force et une confiance qui les incitaient à oser des chemins nouveaux.

Au bout de dix ans, en septembre 2007, l'Atelier Chant a pris fin avec un grand concert au Théâtre du Soleil, dont Ariane Mnouchkine nous avait confié les clés dans un élan généreux qui témoignait de sa confiance et de sa solidarité. Ce fut un moment extraordinaire de communion et de beauté. Ensuite, il a fallu faire un travail d'évaluation, de séparation et de transmission. Cela a duré une année supplémentaire. Avec les membres de l'Atelier Chant et de Passador, nous avons fait une session internationale en juillet 2008, avec toutes les personnes d'ATD Quart Monde qui portaient la question de l'art, du théâtre et de la musique. Nous avons voulu transmettre cette expérience à d'autres pour les inviter à bâtir eux-mêmes des projets en lien avec les plus fragiles, dans leur propre pays. Les deux films qui ont été réalisés sur l'Atelier ont constitué un support pédagogique formidable pour poursuivre cette transmission (*Quand des voix se rencontrent et s'accordent*, DVD aux Éditions Quart Monde).

Au moment où j'écris ces lignes, Brigitte Bourcier vient de nous quitter. Ses dernières paroles étaient des mots de soutien et d'encouragement : « Le corps physique meurt, mais l'esprit peut devenir une source de vie nouvelle pour ceux qui restent. » Quelques jours plus tôt, elle m'avait dit : « Tu diras à tes filles : faites ce que vous avez à faire ! »

***

L'esprit, source de vie nouvelle…

Sur le plan spirituel, certaines personnes ont beaucoup compté dans ma vie, en me guidant d'abord sur le chemin d'un travail introspectif.

J'avais seulement 17 ans lorsque j'ai été pris en autostop par Jacques Musset, un prêtre qui est aussi un chercheur spirituel. Il était très proche de Marcel Légaut, normalien et docteur en mathématiques, qui a fini par s'établir comme agriculteur, berger et *Homme à la recherche de son humanité*, pour reprendre le titre de l'ouvrage qu'il publia en 1971. Comme lui, Jacques fondait sa recherche spirituelle sur l'intériorité, à partir d'une foi en soi et d'une foi en l'homme. Il m'a aidé à mettre de l'ordre dans ma vie, en me faisant comprendre que la dimension psychologique doit aussi être prise en compte. Cela fait partie de ce que j'appelle « traiter les dossiers ».

Jacques m'a fait rencontrer le père Edmond, prieur de l'abbaye de Bellefontaine près d'Angers et disciple de Karlfried Graf Dürckheim, un spirituel et psychothérapeute allemand qui invitait à un travail sur soi par le corps, la méditation et une grande ouverture d'esprit. Le père Edmond était un moine contemplatif, ancré dans la réalité de la terre et de sa vie monastique. Comme Jacques, il m'a permis de m'ouvrir au travail psychologique à l'égard duquel j'étais très réticent depuis les visites traumatisantes que j'avais rendues à mon frère lorsqu'il était interné en hôpital psychiatrique. Tous deux m'ont confié qu'ils avaient été amenés à se faire aider dans leur propre vie. Grâce à eux, j'ai pu commencer un travail thérapeutique.

Jacques Musset et le père Edmond m'ont tous les deux aidé à cheminer sur le plan spirituel, mais un spirituel ancré dans le corps et la psyché.

Des années plus tard, j'ai continué avec le moine bénédictin Benoît Billot cet ancrage spirituel en l'inscrivant de plus en plus dans le quotidien. Benoît était le fondateur de la Maison de Tobie, un centre spirituel qui accompagne ceux qui souhaitent parcourir leur chemin de vie intérieur en s'appuyant sur les traditions méditatives chrétiennes et orientales. Au final, l'ensemble de ce travail, thérapeutique et spirituel, m'a donné recul et discernement pour mieux accepter mes blessures et mon histoire familiale. Et aujourd'hui je suis intimement convaincu qu'on a besoin d'être clair par rapport à son histoire personnelle si l'on souhaite accompagner d'autres personnes.

D'autres rencontres m'ont amené à explorer de nouveaux horizons. Moi qui suis d'éducation catholique, j'ai ainsi découvert le monde protestant grâce au chant. Je me suis intéressé à la tradition soufie de l'Islam et à l'enseignement de Georges Ivanovitch Gurdjieff auprès de Michel de Salzman. Par la lecture de la Bible, puis par la musique, je me suis ouvert à la culture juive. J'ai suivi les enseignements du rabbin Marc-Alain Ouaknine, j'ai appris à calligraphier les 22 lettres de l'hébreu avec le calligraphe Frank Lalou et j'ai même commencé à apprendre l'hébreu ! Cette tradition juive nous nourrit, mon travail et moi. Je suis passionné par le courant juif hassidique du XVIIIe siècle, autour de rabbi Nachman de Breslau, qui est un peu l'équivalent chez les juifs d'un saint François d'Assise ou d'un saint Séraphin de Sarov, les « prophètes de la joie ». Dans mes chœurs, je fais d'ailleurs souvent chanter des chants hébreux de tradition hassidique.

Mon grand attrait pour la musique de la liturgie orthodoxe, qu'elle soit slavonne ou byzantine, me vient de l'enfance : chez mes parents, il y avait un disque de vinyle à la pochette verte du quatuor Nicolaï Kedroff dont je garde un souvenir vivace. Tout comme je me souviens très bien de la lecture des *Récits d'un pèlerin russe*, un chef d'œuvre spirituel de l'orthodoxie, rédigé par un auteur anonyme du XIXe siècle. Au sein de l'église orthodoxe, j'ai peu à peu fait tout un chemin.

Cette quête et cette pratique spirituelles m'enracinent. Elles m'ancrent dans un essentiel, une vie intérieure qui nourrit en profondeur mon travail de chef de chœur et qui vient apaiser mes débordements enthousiastes et parfois, il faut bien le dire, excessifs ! Bizarrement, lors de mes cheminements dans ces différents cultes, je n'ai jamais été chef de chœur d'église. Ce n'était ni ma place, ni ma tâche. Pourtant, toute ma vie, j'ai fait chanter des chants sacrés de différentes traditions. Certains chanteurs réticents à toutes les formes religieuses m'ont remercié de ces expériences polyphoniques, parce que cela avait été pour eux une expérience essentielle en même temps qu'une une ouverture spirituelle.

***

Voici une dizaine d'années, j'ai fait la connaissance de Dominique Rankin, un indien algonkin, homme-médecine au Québec. Il venait en France transmettre ses enseignements, sous forme de « sweat-loge » (hutte à sudation, « matato » chez les algonquins), de chants et de fabrication de tambours. Il fait partie de ces Indiens qui ont été maltraités et violés dans des communautés religieuses, au Canada. Il a mis des années à pouvoir pardonner et à prendre soin de son peuple par sa médecine. C'est un enseignement qui a beaucoup compté dans ma vie.

Ce que j'ai appris auprès de lui et qui m'a servi dans mon métier de chef de chœur, c'est entre autres le précieux « bâton de parole » : quand un groupe traverse un moment de crise et qu'il est nécessaire d'y libérer la parole de chacun, on choisit avec attention un morceau de bois que l'on place au centre du groupe. Il va symboliser la parole : chacun le saisit à tour de rôle pour dire ce qu'il a à dire, sans être interrompu par les autres. Lorsqu'il en a terminé, il prononce à pleine voix « HO ! », qui signifie « J'ai dit », et le groupe reprend « HO ! » pour lui dire « Nous avons entendu ta parole ». C'est un outil puissant, dont je me suis servi dans mon travail pour amener chacun à dire « je » et à entendre la parole des autres, dans le respect mutuel. Cet outil m'a aidé à prendre le temps d'écouter toutes les voix du groupe, de respecter les ressentis des uns et des autres ; dans les moments de crise, il m'a aidé à discerner les problèmes et à prendre les décisions qui s'imposaient. *On nous appelait les sauvages*, le livre que Dominique Rankin a rédigé avec sa compagne, Marie-Josée Tardif, est un ouvrage passionnant sur son histoire et ses enseignements.

La rencontre de Simone Pacot dans les années 1990 a été une nouvelle étape sur mon chemin de guérison. Après avoir exercé la profession d'avocate, cette femme s'est lancée à la fin de sa vie dans une profonde quête intérieure. Longtemps en souffrance, elle était tiraillée entre le travail psychologique et le travail spirituel. Puis elle a senti combien il était important d'articuler les deux, parce que l'homme est corps, cœur et esprit, en quête d'unité et d'amour.

J'ai vécu au sein de son association, *Bethasda*, une expérience forte : celle d'être aimé totalement et inconditionnellement par Dieu, dans chacune des cellules de mon être. Je n'ai donc pas à rechercher ce type d'amour absolu dans mes relations amoureuses, amicales ou professionnelles. Un nouveau chemin s'est ouvert pour moi, comme une nouvelle mise en ordre.

Dans son livre *Reviens à la vie*, Simone Pacot identifie cinq paroles de la Bible qui sont, selon elle, cinq lois de vie, devenues essentielles dans ma propre existence :

. Choisir la vie.
. Accepter sa condition humaine.
. Rechercher l'unité de son être.
. Déployer son identité propre.
. Être fécond.

La fécondité de ma vie, je la dois, entre autres, à tous ces maîtres, j'en éprouve une grande gratitude. Ils m'ont éclairé dans mes choix et mes engagements.

ÊTRE HUMAIN

Engagement et liberté

L'engagement naît dès lors qu'il nous coûte quelque chose, qu'il nous sort de notre zone de confort. En nous mettant en responsabilité, il pose ses contraintes, et ce sont elles qui libèrent quelque chose en soi, ou qui permettent que quelque chose de plus grand que soi puisse advenir. Quelque chose pour lequel on est prêt à retrousser ses manches.

***

C'est le désir viscéral de faire quelque chose de ma vie pour lutter contre l'injustice sociale qui m'a amené à la porte d'Emmaüs. En donnant de mon temps et de mon énergie, d'emblée j'ai beaucoup reçu. Le jeune homme que j'étais grandissait au milieu d'hommes qui s'efforçaient de faire valoir leur dignité en travaillant comme chiffonniers. Cela a été pour moi une expérience formidable d'horizontalité : nous étions des frères ! Je n'avais pourtant pas la même histoire qu'eux : je n'avais jamais connu la prison, la rue ou l'hôpital psychiatrique, et j'avais seulement 21 ans, alors qu'ils en avaient entre 40 et 70. Mais j'ai le sentiment que ces hommes ont intuitivement senti que j'étais leur petit frère de souffrance. Je me souviens particulièrement de l'un d'entre eux, Abraham. Il avait fait dix ans de prison et il avait du mal à supporter que, du haut de mes 21 ans, je sois le coresponsable de la communauté.

Après m'avoir provoqué plusieurs fois, il a fini par se jeter sur moi pour en découdre physiquement. Nous nous sommes battus comme deux animaux qui se testent. Puis nous sommes tombés dans les bras l'un de l'autre et nous nous sommes étreints. Et Abraham a lancé à la cantonade : « Le premier qui touche à Jean-Paul, je lui casse la gueule ! » Cet homme m'a protégé et reconnu comme l'un des siens. Aujourd'hui encore, j'en suis fier et ému.

Lorsque je me suis engagé avec le mouvement ATD Quart Monde 7 ans plus tard, il y avait encore en moi ce côté « chevalier », désireux de sauver le monde. Lors d'un concert à Noisy-le-Grand avec le chœur Contretemps, au cœur d'une cité, nous avons été reçus par des cailloux, jetés par quelques jeunes. Les chanteurs avaient peur, mais je me souviens leur avoir dit : « C'est par notre voix et notre chant que nous allons toucher ces gens. » Nous avons finalement donné le concert, accompagnés d'un quintette à cordes. Quand Laure, la soprano, est arrivée sur la scène dans sa belle robe blanche, nous avons entendu quelques quolibets, du style « Tiens, voilà Blanche-

Neige ! » Mais lorsqu'elle s'est mise à entonner le sublime solo du *Magnificat* de Pergolesi, les gens ont été bouleversés et nous avons fini la soirée autour d'un feu de la Saint-Jean à chanter tous ensemble, accompagnés par Laure à l'accordéon.

Avec la création de l'Atelier Chant d'ATD Quart Monde qui accueillait des personnes vivant la grande pauvreté de la région parisienne, je me suis retrouvé plongé dans des situations insolites, auxquelles je n'étais pas préparé. Pour beaucoup, s'organiser pour un rendez-vous régulier ou se déplacer loin de chez eux était un grand défi ; certains ne savaient ni lire, ni écrire, mais leur combat pour survivre au quotidien les aidait parfois à se lancer dans l'intime de la voix partagée. Je ne pouvais pas travailler au sein de cet Atelier Chant comme avec un autre chœur. Alors, j'ai appris sur le tas et avec Brigitte Bourcier, ma comparse dans cette aventure, nous avons veillé à ce que l'être le plus fragile soit toujours au centre du projet.

Nous ne voulions pas créer un « chœur de pauvres » ; la présence de volontaires permanents et d'alliés du mouvement ATD, puis des jeunes du chœur Passador, que j'avais fondé en 1999, rendait possible notre choix de faire de ce projet une expérience de partage, de beauté et d'horizontalité. Nous avons amené chacun, les personnes vivant la grande pauvreté comme les volontaires venus les accompagner, à faire le choix de s'engager personnellement dans cette aventure musicale exigeante. Bien souvent, ce sont les hommes et femmes vivant la misère et l'exclusion qui montraient le chemin aux autres : oser chanter seul devant les autres ou connaître ses chants par cœur. Bien entendu, avec Brigitte, nous préparions à l'établi nos répétitions. Mais quand je me retrouvais sur le terrain, comme dans une arène, je ne savais pas vraiment comment faire. Et je tâtonnais, j'improvisais... Cela m'a permis de faire un grand pas dans ma vie d'homme et de pédagogue.

Pour moi, l'une des clés de la pédagogie est d'accepter de ne pas tout savoir et de se remettre souvent en question ; ce sont les élèves qui nous apprennent le métier, à condition d'accepter d'entrer dans une relation vraie avec eux. Et l'on apprend énormément, même si l'on se trouve dans une situation d'inconfort total. Cet Atelier Chant n'a pas été toujours facile à appréhender. Parfois, j'avais du mal à dormir durant les nuits qui précédaient nos rencontres. Mais que de joies aussi ! Selon moi, la joie du pédagogue est identique à celle de l'artiste. Un artiste doit recréer à chaque fois son spectacle. Jacques Brel vomissait avant de monter sur scène, par crainte que « cela ne sorte pas ». Un pédagogue éprouve la même chose. C'est dans le cadre de cet Atelier Chant que j'ai compris que la puissance – comme la lumière – passait par ma faille, et cela a été essentiel dans l'accompagnement de ceux que j'ai formés par la suite.

Ce qui peut paraître le plus simple est parfois le plus difficile à faire. L'une de mes élèves chanteuses, Christiane Boudier, coordonnait l'intervention des artistes à l'hôpital Rothschild, dans le XIe arrondissement de Paris. En 2017, alors que j'apprenais l'accordéon et que j'avais de plus en plus envie de chanter seul, elle m'a proposé de venir faire un atelier régulier au sein d'un service de personnes en fin de vie. Depuis lors, je le fais régulièrement.

C'est un moment très simple, où je chante ou joue de mon accordéon. C'est aussi un défi pour moi : être là sans pianiste pour me soutenir, juste avec ma voix, et avec des personnes très diminuées physiquement ; nous tentons de partager un petit bout de vie. Nous chantons ensemble *La java bleue*, *Le plus beau de tous les tangos du monde*, *Comme un p'tit coquelicot*, des chants de leur jeunesse. Si l'une des personnes que j'ai face à moi est italienne, je lui chante *Bella ciao* ; si elle est originaire des pays de l'Est, je peux entonner la berceuse cosaque en russe ou un chant hongrois. Ces gens se trouvent dans des situations très douloureuses, tant physiquement que psychiquement. Mais à l'écoute d'une chanson, je vois des regards qui s'ouvrent, des mains qui dansent ou remuent en rythme. C'est une manière de se reconnecter à la vie et, peut-être, pour certains, de pouvoir s'envoler paisiblement. Quand il y a cet atelier, les gens sont bien présents et « même les personnes atteintes d'Alzheimer s'en souviennent », m'a dit un jour Christiane.

J'ignore combien de temps ce projet à l'hôpital Rothschild perdurera. Avec ATD, j'ai appris à terminer un projet ou à passer le relais. Il faut avoir la force de quitter une forme que l'on a créée, même si elle doit s'inscrire dans le temps. Je suis convaincu qu'il n'y a pas d'engagement sans liberté. L'engagement tient à cette inscription dans le temps, la liberté tient à la possibilité que ça s'arrête pour que chacun s'approprie ce qui a été vécu et continue sa route. Mettre un terme à l'Atelier Chant a été déchirant mais nécessaire. Pour moi, Il est en effet arrivé un moment où j'avais besoin de liberté : j'étais devenu un personnage reconnu, lié à tout ce que j'avais fait. Mais il me fallait passer à autre chose, c'était une nécessité impérieuse. Cela s'est passé en 2007, après la mort de mon père et un peu avant celle de ma mère. J'ai senti qu'une nouvelle tranche de vie était devant moi : j'avais besoin d'un nouveau souffle pour laisser vivre l'artiste en moi, sans culpabilité. L'Atelier Chant a permis à de nombreuses personnes d'ATD Quart Monde de rebondir dans leur vie personnelle ou professionnelle. Il a aussi été pour moi un tremplin pour faire ce que j'avais à faire : prendre du recul sur mon engagement et m'occuper de mon artiste. C'est d'ailleurs à ce moment-là que j'ai commencé à explorer l'art du clown et créé le spectacle *180°* : un chef de chœur qui se retourne à 180° pour chanter sa petite chanson, non plus dos au public mais face à lui…

***

L'amour et la relation conjugale offrent un autre terrain puissant d'engagement.

Mon premier émoi amoureux fut pour ma maîtresse d'école, mademoiselle Soudy, en CE1 à l'Externat des Enfants Nantais : un amour fondateur !

C'est dans le cadre de mon objection de conscience effectuée à Emmaüs que mon chemin a croisé celui de Caroline. J'avais 20 ans. Nous nous trouvions alors au rassemblement international des jeunes de Commentry, près de Montluçon dans l'Allier, en 1975. C'était un peu notre Woodstock : pendant trois jours, des jeunes européens venus de tous les horizons se rencontraient sur un immense chantier de chiffonniers, pour soutenir des projets locaux et à destination du tiers monde, mais aussi pour faire la fête. L'abbé Pierre est venu le dernier jour et nous avons connu un grand moment de communion fraternelle autour de sa parole prophétique. Avec Caroline, nous avons vécu ces instants-là de façon très intense.

Du fait de la résonance de nos histoires familiales, Caroline était pour moi une sœur. Nous nous sommes reconnus et nous avons partagé des engagements très forts, au sein d'Emmaüs puis à ATD Quart Monde. Elle est devenue journaliste et réalisatrice. Pour paraphraser Hermann Hesse, je vivais alors ma période « loup des steppes » : j'étais entier, passionné, absolu, mais aussi confus et souffrant d'un mal-être profond.

Ma relation avec Caroline a duré une dizaine d'années. J'ai aimé cette femme entière, à la fois fragile et puissante, radicale, à l'écoute et pleine de talents. Marie, notre fille, est née de cet amour. Après quelques années, Caroline et moi nous sommes séparés. Cette relation m'apparaissait, au fil du travail sur moi, comme une impasse. L'amour demande à être regardé en face, et je sentais la nécessité de me délier de cet engagement conjugal.

La rupture a été douloureuse pour chacun de nous trois. Nous avons tenu notre engagement « vivant et imparfait » de parents de Marie. J'ai arrêté mon travail de chef de chœur à Montrouge et pris une année sabbatique, épaulé par mon frère Dominique, dont j'admirais la liberté lorsque j'étais enfant.

J'ai alors été tenté de m'engager dans une communauté charismatique d'artistes, les Béatitudes, auprès de sœur Catherine, qui dansait pour Dieu et qui incarnait pour moi la vie de saint François. La lecture du livre de Pierre Guilbert, *La Prière retrouvée*, m'a conduit à rencontrer le père Lescène, un artiste-pédagogue jésuite. J'ai effectué auprès de lui une retraite ignacienne de deux semaines. Son accompagnement délicat et subtil m'a permis de me réaligner avec cette voix intérieure qui me disait : « Va, retourne à Paris et occupe-toi de ta fille Marie. » Dès lors, malgré mes états intérieurs en dents de scie, parfois si hauts, parfois si bas, je me suis engagé dans cette voie.

Mon mal-être est toujours présent lorsque je rencontre Sophie un jour de printemps 1993. Un cadeau du ciel et de la vie ! Sophie vient chanter au sein du chœur Kiantado, que j'ai créé deux ans auparavant, et notre amour se déclare en douceur. Avec elle, je me sens aimé entièrement, tel que je suis, dans ma lumière et dans mon ombre. En 1996, nous faisons notre voyage de fiançailles en Egypte et en Israël. C'est un voyage initiatique pour moi, où je cultive l'enracinement de ce nouvel engagement conjugal dans une dimension spirituelle. Je me souviens avec émotion de notre marche de nuit pour aller assister au lever du soleil sur le mont Sinaï, sur les pas de Moïse ! Puis, en route vers la mer Rouge et la Terre promise, Bethléem, Nazareth, le lac de Tibériade et Jérusalem, forte de tous ses contrastes.

Le 5 juillet 1997, nous nous marions selon le culte orthodoxe. La vie de couple me semble une mission impossible avec nos moyens humains limités, et c'est cette alliance verticale qui la rend possible : un acte de foi qui nous relie à cette présence mystérieuse du divin, qui rend sensible le sacré en soi et en l'autre. J'ai en mémoire ce moment de la célébration hors du temps où nous sommes, Sophie et moi, sur un petit tapis blanc, avec juste la place pour nos quatre pieds. C'est comme si cette limite qui représente la fidélité faisait de ce tapis un tapis volant vers tous les possibles. Par cet engagement avec Sophie, une femme qui incarne la permanence, la patience, la délicatesse, la vie intérieure, l'ancrage au sol, l'attention à l'autre et aux petites choses, j'apprends à être époux.

J'apprends de nouveau à être père, aussi. Avec Sophie, nous accueillons Clara, puis Johanna. Sophie est une psychologue passionnée par la petite enfance. Sa compétence est sa qualité de présence auprès des tout-petits et de leurs parents. Avec elle, j'apprends à être là, tout simplement là, à la maison avec les enfants. Faire le marché devient une joie et j'apprivoise petit à petit la cuisine, soutenu par elle. Souvent pris dans mes pensées, je m'évade dans mon monde, et ce quotidien me ramène sur terre. J'essaie d'accompagner mes filles dans leurs talents, en les encourageant au jour le jour à être persévérantes et audacieuses.

Je prends alors conscience de l'immaturité que j'avais à la naissance de Marie et, en 1999, je crée le chœur Passador autour d'elle. Elle a 15 ans et cette aventure partagée nous permet de vivre autrement notre relation père-fille.

Cet engagement, en tant qu'époux et en tant que père, a fait évoluer mon travail. Ma posture de chef de chœur s'est clarifiée par l'instauration d'un nouveau cadre. Chaque été, j'organise avec trois chœurs différents des stages, dans des lieux porteurs : à Belle-Île, dans le Jura, en Bourgogne, en Normandie… En m'y rendant avec ma famille, je clarifie les limites affectives de mes liens avec les stagiaires. Placer ce cadre, c'est une manière de me préserver et de protéger mes élèves. Dans ce travail, les corps se meuvent, les voix se libèrent et les cœurs s'ouvrent ; il y a un risque de toute-puissance ou d'emprise. Exactement comme le fait d'être parent ! La présence d'un tiers – Sophie et nos filles, en l'occurrence – m'a aidé à clarifier des limites et à trouver ma juste place.

***

L'amitié, elle, engage sans contrat. Ces liens cultivés m'ont donné des frères et des sœurs choisis, pour une tranche de vie plus ou moins longue ; autant d'êtres qui m'ont aidé à me construire. J'aimerais leur rendre hommage à tous, en témoignant de ma rencontre singulière avec l'une d'entre eux, Erzsébeth Schäffer.

Erzsébeth habite Budapest. Je l'ai rencontrée à l'occasion de mon premier voyage en Hongrie. Elle m'accueille dans sa famille et là, dans le quartier de Csillaghegy, je me sens « à la maison ». C'est simple, chaleureux, fluide. Tibor, son mari ingénieux, a bricolé avec des poulies une pièce qui sert à la fois de salle à manger, de salle d'exercices corporels et de chambre pour la nuit. Avec lui, nous n'avons pas de langue commune mais les gestes et les regards suffisent pour être bien ensemble. Erzsébeth est journaliste, ses éditoriaux hebdomadaires et ses livres qui racontent la vie quotidienne, partent d'un fait d'actualité et invitent à penser, à regarder différemment, touchent un large public. Elle me fait rencontrer des personnes insolites.

Avec elle, nous partons découvrir sa famille dans un petit village hongrois au cœur de la Roumanie voisine. Nous sommes au temps de la dictature de Ceaucescu qui ne tient que par la terreur et la délation. Elle me demande de cacher des médicaments dans ma valise, car je suis protégé par mon passeport français. Mais devant la police roumaine à la frontière, lourdement armée, j'ai une peur bleue en les voyant maltraiter Hongrois et Tsiganes. Nous arrivons enfin à Szék, en Transylvanie. J'ai hâte d'entendre leur musique ! On apprend qu'un jeune homme du village vient de mourir, l'enterrement aura lieu le lendemain. Tout le village est là, en costume traditionnel. Les hommes en bottes noires, chemise blanche bouffante, petit gilet bleu roi et chapeau maggyar, les femmes avec robe et gilet dans les couleurs du village et de son histoire : sur fond noir – l'épreuve des invasions traversées -, des fruits rouges – le sang versé – et de petites feuilles vertes – l'espérance d'un monde nouveau. Un cortège de jeunes portent le cercueil de István en chantant de magnifiques chants maggyars jusqu'au seuil de sa maison. Sortent de la maison des pleureuses entourant la mère qui crie toute sa souffrance. Après un temps qui me paraît interminable, le prêtre crie : « Stop ! » Un long silence s'installe puis le corps est amené et enterré au cimetière en haut du village. Le soir, nous retrouvons les jeunes à la Maison de danse pour fêter leur ami. Les bottes claquent au son de la musique et les polyphonies fusent comme un feu d'artifice. Quelle journée !

Avec l'amitié d'Erzsébeth, j'ai rencontré l'âme de ce peuple, de sa culture, de sa musique. Ces partages intimes, essentiels, nous nourrissent mutuellement.

***

Le travail thérapeutique est pour moi une autre forme d'engagement : il relève davantage de la persévérance que de l'engagement en tant que tel. Mais je considère tout de même qu'il y a eu une sorte d'engagement à aller au bout - si tant est que ce soit possible – de ce travail, d'abord vis-à-vis de moi-même mais aussi vis-à-vis de mes enfants : l'engagement à « traiter les dossiers », à tenter d'alléger les générations suivantes.

Afin de comprendre et d'accepter la vérité sur mon histoire familiale, je me suis lancé dans une thérapie transgénérationnelle qui consiste à remonter dans son arbre généalogique sur plusieurs générations, accompagné par un thérapeute. A 17 ans, j'avais quitté une famille – tant paternelle que maternelle – chargée d'une histoire dans laquelle il y avait beaucoup de non-dits, de sujets tabous et, surtout, de confusion. J'éprouvais un besoin viscéral de connaître et relire mon histoire familiale afin de pouvoir l'accueillir. Plus jeune, j'aurais aimé vivre avec ma famille une thérapie familiale, mais il n'en était pas question.

Il m'a fallu attendre d'avoir 28 ans pour me lancer dans ce travail thérapeutique. J'ai eu la chance d'être accompagné par les bonnes personnes, celles qui me correspondaient. Mais au fond de moi demeurait une culpabilité à l'égard de mon frère et ma sœur : je me demandais pourquoi je m'en sortais, alors que ce n'était pas leur cas. Pour moi, ils étaient des êtres exceptionnels – Fabienne, très adroite de ses mains, a toujours été la gardienne du lien dans notre famille et Jean-Louis, notre aventurier poète, était un « clochard céleste » sur la route de Jack Kerouac. Mais ils allaient mal…

Pendant deux ans, j'ai donc suivi une thérapie transgénérationnelle dans l'esprit et la recherche du « Jardin d'idées » fondé par Didier Dumas. Je me suis rendu compte que beaucoup de familles portent des fardeaux transgénérationnels, inscrits dans l'inconscient de chacun de leurs membres. Dans ma famille, Jean-Louis et Fabienne me semblaient porter des fardeaux dont ils n'étaient pas responsables et qui me semblaient la cause de leurs pathologies. Quant à moi, j'ai découvert que l'artiste avait dans ma famille toujours été associé au fou. Cela éclairait d'un sens nouveau le fait que mon père m'ait découragé dans cette voie.

Avant la mort de mon frère Jean-Louis, j'ai pu parler avec lui de notre histoire fraternelle, à cœur ouvert. Lorsqu'il est décédé, j'ai accepté le mystère de sa vie ; elle a sans doute eu un sens qui m'échappe, et j'ai arrêté de me révolter contre cela.

Puis c'est en marchant un mois, seul sur les sentiers côtiers bretons en septembre 2019, que j'ai reconnu et accepté mon impuissance à résoudre la souffrance de ma sœur. Mais je pouvais par moments faire cette marche simplement en me reliant à elle. Je lui ai parlé de cette expérience. Cela nous a rapprochés et a remis à sa juste place notre relation fraternelle. J'ai ressenti aussi que je sortais de l'impuissance en accompagnant d'autres êtres fragiles, à ATD Quart Monde ou dans les autres chœurs. Cette pensée m'a apaisé.

Ce travail de thérapie, je l'ai d'abord fait pour moi ; c'était une question de survie. Mais je l'ai aussi fait pour mon couple et pour mes enfants, afin de ne pas leur faire porter ce poids. Pour l'arbre familial d'hier, d'aujourd'hui et de demain aussi.

Aujourd'hui, je ne suis plus un sans-voix. La parole m'a sauvé : le fait d'oser dire, d'oser chanter, d'oser être. Dans notre couple, nous ne nous endormons pas sans avoir traité les dossiers du jour, positifs et négatifs : nous essayons de ne rien laisser sous le tapis. Comme dans les chœurs ou les stages, la parole prend sa place.

J'ai cherché aussi, avec Sophie, cet espace de parole avec mes trois filles, quitte à ce qu'elles me remettent régulièrement en question ! Ce n'est pas de tout repos, mais tellement vivant et riche. Je leur donne finalement ce dont j'ai manqué lorsque j'étais moi-même enfant. La vie est ainsi faite. Je me revois un soir à la sortie de l'école, tenant dans ma main droite la main de Clara (7 ans) et dans ma main gauche celle de Johanna (5 ans). A cet instant-là, j'ai goûté le bonheur et la joie profonde d'être père, de les protéger, de les accompagner, d'exister à leurs côtés et d'en être fier. Je me suis alors mis à parler intérieurement à mon propre père décédé : « Papa, j'aurais aimé que tu viennes me chercher à l'école, que tu me donnes la main, toi aussi... Mais en vivant ce moment avec Clara et Johanna, tu es là avec nous et avec moi, ton fils. Et tout va bien. »

Mes engagements d'époux et de père m'ont permis d'être fils.

Fils de mes parents, d'abord. Je les honore désormais chaque jour. A la fin de sa vie, mon père partagea avec moi une expérience forte. Face au grand portrait de ses 6 enfants tiré par un photographe dans nos jeunes années, il avait l'impression que c'était nous qui le regardions et le jugions. Comme un temps de « purgatoire » l'amenant à regarder sa vie en face. En nous offrant à chacun le livre de Franck Ribault, *Ce père que j'aimais malgré tout,* témoignage d'un fils sur son père violent, il nous demandait pardon.

Ma mère, elle, évoquait ses années de pension dès l'âge de 6 ans, heureuses mais solitaires, et la place importante qu'avait pris la pratique du violon jusqu'à son mariage. « Maman, pourquoi tu ne me l'as jamais dit ? – C'était mon secret et parfois, j'aimais par la pensée me replonger dans ce cocon de mes souvenirs d'enfance. »

Fils aussi des passeuses et des passeurs qui m'ont donné la main par la suite pour traverser les épreuves.

Jacqueline Prévost fut pour moi une seconde mère quand j'étais apprenti-menuisier à La Roche-sur-Yon, en 1974. Mère-courage et tendresse de quatre enfants, elle avait perdu son mari et une petite fille, mais elle n'était qu'écoute et accueil ; elle m'a aidé à remettre les pieds sur terre à un moment où j'allais mal.

Fils d'un Père, enfin. Un Père qui m'aime tel que je suis, inconditionnellement, quoi que je fasse et quoi que j'aie pu faire. Prendre conscience de cela a été une libération et une renaissance. C'est au moment de ma rencontre avec Sophie que j'ai accepté cette connexion spirituelle essentielle. Une connexion avec mon moi profond, un endroit auquel j'avais honte d'accéder – parce que j'avais été « interdit d'être » – au point d'avoir envie de mourir, même si je n'ai jamais été tenté par le suicide. Et c'est à cet endroit précis que ce Père plein d'amour est venu me rejoindre tel que j'étais et me prendre dans ses bras, moi, son fils prodigue.

J'ai peu à peu trouvé plus de paix. Ma vie a pris tout son sens et me voilà depuis rempli de cette joie que nul ne peut ravir. Je peux aimer et continuer à transmettre ce souffle de vie par ma tâche de chef de chœur, puisque je me sens appelé à cela.

Cette ouverture spirituelle – liée à la foi en soi et la foi en Dieu évoquées par Marcel Légaut – est accessible à chacun de nous. Les portes d'entrée sont multiples mais personnelles. Cela me fait penser à la mésaventure du protagoniste de *La parabole de la loi*, dans *Le procès* de Kafka. Cet homme attend toute sa vie qu'un gardien lui ouvre la porte et, sur le point de mourir, il se résout à lui demander la possibilité de la franchir ; mais il s'entend répondre en substance : « Cette porte était la tienne, c'était à toi d'entrer ; maintenant, il est trop tard ! »

Ma boîte à outils de chef de chœur

Au fil de cet itinéraire de vie, je me suis donc retrouvé chef de chœur à l'âge de 25 ans. Plus qu'un métier ou une fonction, « ce que je fais », je l'ai vécu comme une mission, au sens de Marcel Légaut : « Etre dans ce que je fais ».

La démarche que j'ai développée dans mon métier s'appuie sur des outils et s'est élaborée pas à pas. Mais elle n'est qu'un moyen pour servir un but : la personne. Monter une œuvre musicale est un moyen ; l'épanouissement des personnes qui montent cette œuvre ou la reçoivent est le but.

LE CADRE

Au sein des communautés Emmaüs, c'est le cadre fixé qui permet à des personnes de se relever des accidents de la vie qu'elles ont connus. S'affranchir des règles qui régissent la communauté, c'est s'en exclure de soi-même. S'y astreindre, c'est avancer ensemble. A chacun, le cadre assure protection et permission. D'abord, le cadre protège : il établit une sorte de contrat entre chaque membre du groupe à propos du travail à effectuer ensemble. Ensuite, le cadre permet : il donne à chacun les moyens d'apprendre et de s'épanouir, il favorise l'autonomie et autorise l'audace.

Dès que j'ai embrassé la carrière de chef de chœur, j'ai réalisé que c'était à moi de donner aux membres du groupe un cadre clair et précis, mais aussi d'en être le garant. Mon premier chœur rassemblait surtout des amis. Mon envie de convivialité se heurtait à des bavardages et des digressions qui empêchaient la qualité du travail musical. Il m'a fallu chercher un équilibre entre spontanéité chaleureuse et exigence du travail. J'ai compris que, quand on fait de la musique, on n'est plus des copains. Même si de grandes amitiés sont nées au cœur de cette exigence.

Quand je commence à travailler avec un chœur ou au début d'un stage, je prends le temps de poser le cadre du travail.

***

La structure de base de ce cadre repose sur « les 5 R », cinq mots commençant par la lettre R, qui m'ont été inspirés par Aliette de Panafieu, psychothérapeute et fondatrice de l'association *L'affaire d'une vie.*

Le premier est le R de Respect. Le respect de soi-même d'abord, et le respect des autres, qui s'exprime à travers la ponctualité aux répétitions par exemple, le respect du lieu dans lequel nous nous trouvons ou le respect du travail que nous y faisons ensemble. Je rêverais que l'école soit le lieu où l'on annonce aux enfants qu'on va apprendre à vivre ensemble à l'occasion des apprentissages, comme il en est de nos répétitions musicales. S'accorder, partager le meilleur de soi exclut un esprit de compétition, de jugement, voire d'exclusion. Cela demande de donner une place entière à chacun, y compris au plus fragile et de créer un esprit d'entraide. Se respecter, c'est offrir la possibilité d'être soi-même, de pouvoir dire oui et de pouvoir dire non, d'oser sa voix. Cela passe par le fait de mieux se connaître et s'accepter.

Le respect est le contraire de la violence : la violence de celui qui prend toute la place, la violence de celui qui se moque quand quelqu'un se trompe, la violence de celui qui s'affiche supérieur par ses connaissances musicales… Le respect de soi et des autres nourrit au contraire une meilleure estime de soi, et la musique qui en résulte n'en est que plus vivante et plus belle.

Le deuxième R est celui de Responsabilité. « Vous devez être le changement que vous voulez voir dans le monde » : j'aime beaucoup cette citation de Gandhi, apôtre du respect et de la non-violence. C'est la responsabilité qui permet de sortir des trois profils en forme d'impasses que dépeint l'analyse transactionnelle : la victime, le bourreau, le sauveur.

La victime, c'est celui ou celle qui se plaint en permanence de sa propre histoire ou de ce qui lui arrive, en tenant des discours comme « A mon âge, je ne peux plus apprendre des textes par cœur » ou « Je suis nul en rythme, je n'y arriverai pas » ; ce sont aussi ceux qui pensent toujours que ce qui leur arrive, c'est de la faute des autres. Autant de justifications que certains se donnent pour refuser le travail, comme s'ils voulaient vivre à la carte les répétitions en ne prenant que ce qui ne les dérange pas. Il y a un travail à faire sur soi pour ne plus être victime, pour véritablement choisir plutôt que de subir.

Quand un enfant a été victime d'une autorité tyrannique et injuste, il risque – une fois devenu adulte – de reproduire ce schéma-là ; de prétendre : « Je te fais mal, mais c'est pour ton bien. » On retrouve beaucoup cette posture du bourreau dans l'enseignement, notamment celui de la musique, ou dans certaines formes d'éducation parentale.

Quant au sauveur, c'est celui qui tente de secourir l'autre malgré lui avec parfois les meilleures intentions du monde. Le chef de chœur n'a pas à être un sauveur ; il a un rôle de capitaine, il est celui qui indique la direction. De même, les chanteurs entre eux peuvent se soutenir et s'entraider, mais personne n'est là pour sauver l'autre et entretenir une dépendance. A chacun de prendre la responsabilité de son autonomie progressive.

Au final, seule la responsabilité permet de sortir de ce triangle infernal – victime, bourreau, sauveur – dans lequel certaines relations humaines se trouvent parfois prises au piège. En reconnaissant mes plaintes, mes comportements excessifs ou mon envie de sauver le monde, j'ai appris à mieux me connaître et à mieux assumer ma responsabilité de capitaine, ni plus ni moins.

Le troisième R est celui de Réactivité. C'est l'inverse de la passivité. Une répétition est une création commune, un travail que le chef de chœur et ses chanteurs font ensemble. Le chef de chœur a un rôle bien précis, mais il ne peut être efficace que si, face à lui, il trouve des personnes réactives et créatives. Quand un chanteur vient en répétition, il doit donc se mettre en état de donner. Il y a une posture active de préparation, d'implication et de positionnement où chacun est appelé à s'engager. Y compris pour contribuer à préserver le cadre commun.

Mais le chanteur doit aussi manifester son aptitude à recevoir. C'est le quatrième R, celui de Réceptivité. Recevoir, c'est l'inverse de prendre. On veut souvent faire, maîtriser, garder, posséder. Là, il s'agit d'une autre posture, celle d'accueillir, de lâcher prise, d'écouter, de se recevoir tel que l'on est, avec sa voix, son corps, son âge, ses difficultés mais aussi ses talents, sa lumière, son originalité. Pour moi, la réceptivité passe par un travail sur le corps. Il y a de nombreuses situations où la tête prend le pouvoir et certaines personnes se mettent alors à vouloir tout contrôler. Le travail sur le corps permet de faciliter la déconnexion mentale. C'est le sens du type d'échauffement corporel et vocal que je mets en place au début de chaque répétition, puis du travail très corporel sur les polyphonies.

Enfin, le cinquième et dernier R est celui du Regard. Dans son livre Quatre petits bouts de pain, Magda Hollander-Lafon écrit : « Avec un regard je peux tuer, avec un regard je peux aider à naître ». Dans leur famille ou à l'école, certains enfants ont parfois reçu des regards assassins, à travers lesquels ils se sentaient jugés et qui leur faisaient perdre toute confiance en eux. En répétition, d'un regard foudroyant, on peut faire comprendre à une personne qu'on ne l'apprécie pas ou que sa voix nous est insupportable. Mais avec un regard bienveillant, on peut l'encourager et l'aider à prendre confiance en elle.

L'une des clés de mon travail est de veiller à ce que le regard de celui qui chante se porte vers les yeux de l'autre ; et l'inciter à tenir ce regard, à l'image des exercices qui se pratiquent parfois au théâtre ou dans le travail de clown. Tenir le regard, ne plus chercher à le fuir en regardant à terre ou en l'air, c'est se montrer tel qu'on est et donner son chant à l'autre. C'est une façon de dire à celui qu'on a en face de soi : « Je suis là. Tu as le droit de ne pas apprécier ma voix ou mon chant, mais je ne me laisserai pas détruire par ton regard. »

J'ai bien conscience que c'est un point de bascule : le chanteur est confronté à sa propre fragilité. Nous sommes tous des êtres fragiles, nous avons souvent été conduits à masquer cette évidence, alors qu'il n'y a pas de musique et d'art sans fragilité offerte. C'est le regard qui fait que, quand une personne chante seule par exemple devant les autres, le chœur devient un appui qui lui permet d'offrir cette intimité.

Cette mise en relation avec autrui amène finalement le R d'oReille : le regard favorise l'écoute de l'autre, laquelle permet de s'accorder au sein d'un chœur. Quand Maurice Martenot évoque l'oreille (au sens de l'écoute musicale), il parle d'une tuyauterie du corps et de l'être, dans laquelle il faudrait parfois remettre de l'ordre pour « libérer la pensée musicale et le chant intérieur ».

Quand on a été humilié par le groupe et le regard des autres, c'est aussi par le groupe et le regard bienveillant des autres que peut passer cette remise en ordre.

Ce n'est évidemment jamais gagné d'avance. Je l'ai constaté à l'occasion de mon expérience avec des hommes et femmes ayant connu la grande pauvreté et l'exclusion : il a fallu des années d'apprivoisement mutuel pour accéder à la confiance en l'autre au sein de cet Atelier Chant. Auparavant, les regards étaient fuyants et les oreilles étaient closes, par réflexe de protection ou de survie : quand on a vécu des choses douloureuses, on a tendance à fermer ses écoutilles, puisque ce qu'on voit ou entend au quotidien est trop dur. Mais au bout de trois ans, quand la confiance s'est installée, les oreilles se sont ouvertes. Ces hommes et ces femmes ont trouvé plus de justesse vocale. Nous avons pu commencer à chanter à plusieurs voix et chacun a pu chanter seul devant les autres.

***

Avec ces 5 R, le cadre permet de travailler en confiance, d'établir dans le groupe un climat de bienveillance et de non-jugement. Il est essentiel que chaque membre du groupe sente qu'il n'est pas jugé par les autres, même s'il chante faux, même s'il se montre un peu gauche à l'occasion d'une danse, même s'il ne connaît pas très bien son texte. C'est à ce prix que chacun s'acceptera tel qu'il est, pourra s'engager dans le travail qui lui permettra de progresser et verra sa confiance en lui renforcée. C'est parce que son chant sera entendu des autres sans être jugé qu'il pourra s'autoriser à s'entendre lui-même chanter. Et dans un chœur, c'est primordial !

Mais ce n'est pas toujours facile… Après tout, n'est-ce pas humain de juger les autres, de ne pas aimer leur attitude, leur physique, leur voix ? Le premier pas est de reconnaître que nous jugeons. Il est impératif d'en avoir conscience, c'est la première étape qui conduit à l'absence de jugement. Il y a aussi énormément de personnes qui portent un jugement négatif sur elles-mêmes. Combien de fois ai-je entendu « je suis nul.le », « je chante faux », « je n'aime pas ma voix » ? Ce genre de jugement conduit à l'enfermement sur soi. Ensemble, nous apprenons à repérer, reconnaître et déposer ces pensées négatives pour débloquer la situation.

Certaines personnes qui accablent les autres manquent souvent de confiance en elles. Elles se réfugient derrière le fait qu'elles ont un peu plus de connaissances musicales pour critiquer les gens qui les entourent. Mais elles sont en réalité envahies par la peur. Et quand vient l'exercice de chanter en solo, face au regard des autres, les masques tombent et le travail commence.

D'autres personnes ont fait de la musique depuis l'enfance et quand nous travaillons par cœur, elles se sentent perdues sans partition. Mais elles ne tardent pas à se rendre compte que les gens qui ont moins de connaissances musicales, mais qui ont une bonne oreille et apprennent leurs chants par cœur deviennent moteurs du groupe. Alors elles se sentent entraînées ! A l'inverse, lorsque nous prenons les partitions, ce sont elles qui poussent les chanteurs sans formation musicale à apprendre à déchiffrer. Le cercle devient vertueux. La clé du non-jugement, c'est de prendre conscience que nous apprenons tous les uns des autres, malgré nos différences.

Ne pas juger l'autre comporte d'autres facettes : cela implique aussi d'accorder aux autres ce que je nomme « le droit sacré à l'erreur ». Les espaces d'apprentissage doivent pouvoir préserver avec une grande vigilance ce droit à l'erreur, condition du vivant, d'où ce terme de « sacré ». Cela résonne avec une expression d'Aliette de Panafieu : « Vivant ou parfait ! »

J'en ai fait l'expérience quand j'ai décidé de me former à la musique sur le tard. Je me suis quelquefois retrouvé dans des chœurs avec des gens qui faisaient de la musique depuis l'enfance et qui disposaient de compétences techniques que je n'avais pas.

Par leurs regards et leurs jugements sévères, ils se comportaient comme des bourreaux, parce qu'ils avaient, ancrée en eux, cette angoisse de la fausse note qu'on leur avait inculquée. Il m'arrive d'assister à des auditions dans des conservatoires où je vois des enfants stressés par le contexte dans lequel ils sont placés : sur la scène immense d'un auditorium, jouant devant un jury lointain. C'est si anti-musical qu'ils en perdent leurs moyens ! Et ils sont aussitôt mis en situation d'échec. Alors qu'il suffirait de créer les conditions de la confiance, de leur permettre la fausse note, pour qu'ils donnent le meilleur d'eux-mêmes.

Ce droit sacré à l'erreur est au cœur de mon travail. Cela peut arriver à n'importe quel chanteur de perdre son texte ou d'être envahi par l'émotion lorsqu'il chante seul, en regardant les autres dans les yeux. Je lui demande alors de ne pas lâcher le regard, comme pour faire l'aveu : « J'ai un trou de mémoire, j'ai peur, mais je continue de te regarder pour ne pas perdre la relation qui nous unit. » Je lui dis d'offrir son erreur à l'autre, et l'autre doit l'accueillir, fragile et vulnérable.

Ce n'est pas dramatique de se tromper. Parfois, cela permet même de rebondir vers des fulgurances artistiques ! Dans la pratique du clown, l'une des clés est le risque assumé du bide : il peut être mauvais à l'occasion d'une improvisation, par exemple. Mais tout l'art du clown consiste à nommer ce bide, à en faire l'aveu et à l'utiliser comme un tremplin pour rebondir sur une nouvelle improvisation.

Mieux encore : je pense que quiconque ne se trompe pas rate une expérience. Je me souviens de l'une des premières répétitions qui réunissait l'Atelier Chant d'ATD Quart Monde et Passador, ce chœur de jeunes dont beaucoup des membres avaient déjà fait de la musique. Passador a commencé par chanter pour les gens de l'Atelier et ces derniers étaient admiratifs. Presque envieux. Les jeunes se sont ensuite assis et est venu le moment où l'Atelier Chant a interprété pour eux *La tendresse*, cette chanson de Bourvil que nous travaillions alors. Et sur les joues des jeunes de Passador, j'ai vu des larmes couler. Ils étaient émus par la beauté du chant de ces hommes et femmes, avec leurs voix cassées. Si leur chant n'était pas forcément juste à l'extérieur, il l'était à l'intérieur : avec leur chant, ces gens partageaient une part d'eux-mêmes, avec sincérité. A l'inverse, dans le monde de la musique, on trouve parfois des chants virtuoses à l'extérieur, mais vides à l'intérieur : les nuances sont là, la prononciation est impeccable… mais il n'y a pas d'âme !

En tant que chef de chœur, mon objectif n'est donc pas que chacun chante à la perfection, tout de suite et à tout prix. Ce que je souhaite avant tout, c'est que se crée un bain musical où l'émotion est présente, depuis le commencement. Ensuite, en s'appuyant sur une caisse à outils (exercices créatifs sur la voix, sur la justesse, sur la précision rythmique, sur la mémorisation, mais aussi sur le corps), le chœur va affiner cette matière musicale et progresser, ce qui fait aussi partie des objectifs !

Bien évidemment, cela requiert une fois encore – de la part du chef de chœur comme des chanteurs – énormément de bienveillance. Surtout avec les gens qui prétendent chanter faux. Car à partir du moment où l'on est capable de parler normalement, j'estime qu'on est capable de chanter juste.

Mais les gens qui disent d'emblée chanter faux ont pour la plupart une histoire douloureuse sur le sujet : un parent qui leur a dit « Tu me casses les oreilles », un instituteur qui leur a soutenu « Tu chantes faux, tu te mets au fond de la classe et tu te tais. » C'est le genre de phrase assassine qui s'inscrit dans une histoire personnelle. Vingt, trente ou quarante ans plus tard, elle résonne encore.

Je prends toujours le temps de rencontrer les gens individuellement avant qu'ils n'intègrent le choeur. Je leur demande de me chanter quelque chose et, souvent, je sens un amour très profond de la musique chez ceux qui estiment chanter faux et qui pourtant ont le courage de venir pour chanter. Au sein du chœur, mon rôle est ensuite d'encourager la personne et de nommer sa justesse lorsqu'elle la trouve. Par exemple en relevant : « Tu as entendu comme c'était juste ce que tu viens de chanter ? » C'est le genre de réflexion qu'il faut faire en prenant tout le monde à témoin, pour que l'ensemble du chœur se sente lui aussi heureux en recevant cette justesse.

***

J'ai bien conscience que le mot « cadre » peut irriter certaines personnes et susciter des résistances, voire des transgressions. Les gens viennent chanter pour se faire plaisir et certains d'entre eux peuvent se montrer rétifs à l'égard des règles et des consignes que je fixe. Cela heurte leur besoin de liberté. Et cela demande un temps d'apprivoisement pour sentir combien ces contraintes peuvent être libératrices, notamment en offrant une direction commune et puissante au groupe et aussi une protection pour chacun.

De plus, beaucoup de personnes arrivent avec un rapport complexe et suspicieux à l'autorité. Je suis bien placé pour le savoir ! A l'adolescence, je me suis rebellé contre l'autorité tyrannique de mon père qu'entre nous, nous appelions « le chef ». C'est pour cette raison que lorsque je me suis retrouvé chef de chœur, l'emploi du mot « chef » me dérangeait. Je préférais le mot « capitaine ». Sur un bateau, c'est celui qui donne les directions et une place à chacun selon ses compétences. Même s'il lui arrive parfois de pousser un coup de gueule, le capitaine ne crie pas tout le temps. Il doit afficher son calme et donner des responsabilités à tous les membres de l'équipage, en leur faisant confiance et en autorisant le « droit sacré à l'erreur ».

Parmi les résistances au cadre que j'ai pu constater, le manque de ponctualité arrive largement en tête. Certains chanteurs arrivent aux répétitions avec systématiquement un quart d'heure de retard, quelles que soient les conditions. J'y vois une façon de me faire comprendre qu'ils font ce qu'ils veulent. Cette absence de ponctualité, c'est un point que je me suis toujours efforcé de soulever, avec délicatesse ou maladresse, fermeté et parfois inefficacité !

D'autres butent sur la nécessité du travail personnel. Cela fait peut-être remonter chez eux de mauvais souvenirs d'école. J'explique alors que, même si l'on est un amateur qui veut chanter pour se faire plaisir, on ne peut pas obtenir de plaisir sans exigence musicale et sans travail régulier entre les répétitions. Les progrès réalisés, la beauté qui en émerge et la fierté qui en découle dépendent de cette exigence et ouvrent à de plus grands plaisirs.

D'autres encore butent sur l'improvisation. Je peux évidemment concevoir qu'un chanteur ne soit pas à l'aise avec un exercice proposé, voire s'en sente incapable ou soit envahi par son émotion. Mais mon rôle est de l'accompagner dans ce passage, qui fait partie intégrante du travail, et de l'aider à traverser cette difficulté. Cela me demande d'être bien aligné avec soi-même pour sentir dans l'instant s'il faut lâcher du lest ou au contraire le pousser à sauter dans cet inconnu créatif, soutenu par le regard bienveillant du groupe.

Parfois, les transgressions vont même plus loin. Au tout début de l'Atelier Chant, l'un des chanteurs avait par exemple un comportement incompatible avec notre travail : il arrivait ivre aux répétitions et humiliait sa femme devant tout le monde. J'ai fini par le prendre à part et lui dire que nous ne pouvions plus continuer ainsi. En discutant avec lui, j'ai compris que c'est sa femme qui avait envie de chanter et que lui venait plutôt pour l'accompagner, sans motivation et mal à l'aise. Il a alors quitté l'atelier, clarifié par cette mise au point. Sa femme est devenue un pilier du chœur.

C'est par ces situations très concrètes auxquelles on est confronté, et qu'il faut traiter, que le cadre prend forme et se consolide. Je dois assumer mon travail qui implique d'imposer mon cadre, et je peux comprendre que certaines personnes le refusent. Dans ce cas je leur dis que nous ne pouvons pas travailler ensemble. Souvent, les conflits viennent de personnes qui refusent de se positionner : elles veulent rester dans le chœur car il leur apporte énormément, mais elles ne veulent pas en accepter tout le contrat.

Quand je me suis retrouvé à diriger le chœur La Forlane pour remplacer mon ami Luc Guilloré, j'ai connu ce genre de problème. Les chanteurs étaient plus âgés que ceux que j'avais connus jusqu'ici. Certains refusaient le travail corporel en début de répétition, au motif qu'ils n'étaient « pas là pour faire de la gym. » Pour d'autres, il était hors de question d'apprendre les chants par cœur ou de chanter dans une langue inconnue. Bref, trois clés essentielles de mon travail étaient ainsi refusées… J'ai entendu leurs arguments, mais je n'ai rien lâché. Trois ou quatre personnes sont parties. Mais les autres se sont rendu compte, au bout de quelques mois, que le travail corporel leur faisait du bien, les aidait à mieux chanter et qu'elles étaient capables de faire un concert entier de chants du monde par cœur.

Lorsque l'on est fidèle à son projet, cela ne plaît pas forcément à tout le monde. Mais il ne faut pas renoncer à tenir son cap, quoi qu'il en coûte. Il est important de laisser les gens libres de partir. Les retours de ceux qui se sont engagés m'ont poussé à me tenir à cette exigence humaine et musicale. Par ce chemin, certains ont trouvé la justesse de leur voix, d'autres ont appris à chanter en polyphonie, d'autres encore ont pris confiance en eux en apprenant des chants par cœur. En acceptant le cadre imposé, les chanteurs découvrent les bienfaits de la responsabilité partagée ; ils deviennent peu à peu eux-aussi les gardiens de ce cadre. Le chœur acquiert alors sa maturité.

***

Comme dans n'importe quel groupe, des conflits peuvent naître au sein d'un chœur. Les incompatibilités de caractères existent et elles ne se règlent pas d'un coup de baguette magique.

Dans un chœur que je dirigeais, deux femmes étaient en conflit. Chacune voulait être cheffe de pupitre, avec des façons de faire totalement différentes, qui semblaient incompatibles. Je leur ai alors confié la responsabilité partagée du pupitre à tour de rôle et proposé de faire équipe. Elles ont mis un certain temps à s'accepter mutuellement, mais cela a fonctionné. Une amitié est même née de ce travail.

Le chœur Passador était composé de jeunes à la personnalité très forte, qui avaient à peine quitté leurs contraintes familiales et venaient chanter avec un homme qui avait l'âge de leurs parents. Ils avaient toutes les raisons de résister. Pourtant je voyais que c'était peut-être cela qu'ils venaient chercher. J'ai aimé ce défi de leur transmettre ce que j'avais expérimenté à Emmaüs : se confronter à un cadre qui fait grandir parce qu'il est précis, juste, nommé, défendu, mais aussi souple, c'est-à-dire réajusté au fil de l'expérience, et au service d'un projet plus large que soi.

Dans les groupes, il arrive que se créent des clans autour de certaines personnalités au tempérament de leader. Les autres chanteurs sont alors amenés à se positionner dans un clan ou dans l'autre. Un double leadership peut aussi apparaître. Dans ce cas, les conflits ne tardent pas à naître et cela peut conduire parfois à la violence, à des critiques, des jugements ou des mouvements plus ou moins avoués d'exclusion. Assez rapidement, le chœur se trouve dans l'impasse. Le chef de chœur doit alors assumer sa responsabilité et intervenir.

En quarante ans, j'ai vécu trois ou quatre gros conflits de groupe, parfois liés à une relation difficile avec un chanteur. Les problèmes humains prenaient alors le pas sur la musique, empêchant ainsi le chœur de poursuivre son travail. Je devais impérativement traiter le problème, soit en m'entretenant avec la personne concernée, soit en remettant le cadre au centre du chœur et en ouvrant un espace de parole collectif afin que chacun puisse s'exprimer devant les autres. Par exemple, la présence de clans au sein du chœur était un phénomène qui mettait en péril le cadre. Je ne pouvais l'accepter mais je n'en menais pas large, car il était possible que le chœur s'arrête à l'issue de cette mise au point. J'en prenais le risque.

Cet instrument d'intelligence collective que constitue le « bâton de parole » nous a permis de déminer la violence latente qui pesait sur le chœur, de la relativiser, la remettre à sa juste place et la transformer en ce que j'appelle une agressivité créatrice. C'est le principe de l'aïkido : transformer positivement l'énergie qui émane de l'attaque du partenaire. Musicalement, cela a donné des choses passionnantes, car cela offrait un nouveau départ au groupe, peut-être en lui faisant sentir que la richesse d'un chœur est liée à l'acceptation de sa diversité. L'art devient un moyen de canaliser nos énergies vitales, nos blessures, nos excès, nos tentations de toute-puissance.

La régularité de ces moments de parole au fil de l'année et le rappel, quand c'est nécessaire, du cadre – qui inclut la réactivité de chacun quand émerge un problème ou un malaise -, permet finalement de déminer un certain nombre de problèmes de groupe avant qu'ils n'émergent ou se cristallisent. Au fil des années, je vois toujours des affinités naître au sein des chœurs, mais les phénomènes de clans se raréfient, sans doute sapés dans leur base.

Ce cadre et ses limites permettent d'éviter encore un autre écueil : l'état fusionnel associé à ce qu'on peut appeler l'illusion groupale. Ce n'est pas parce que le chef de chœur veille à instaurer confiance et bienveillance à l'intérieur d'un groupe que ce dernier doit entrer dans un état fusionnel. Il doit préserver une saine conflictualité au service du projet. S'il offre à ses membres un sentiment d'appartenance, besoin social essentiel, un chœur n'est ni une famille régressive, ni une bande de copains, même si c'est ce que recherchent certains. La convivialité qu'on peut y trouver reste au service de la musique qui rassemble. En ne tombant pas dans le piège de l'affectif, chacun peut continuer à grandir en autonomie et liberté. La richesse d'un chœur ne réside pas dans l'illusion de la fusion, mais dans l'harmonisation des différences.

C'est pour cette raison que j'insiste beaucoup sur le « je », qui constitue selon moi une clé essentielle de la dynamique de groupe. Le chœur n'a pas vocation à gommer la personnalité des chanteurs. Au contraire, chacun y a sa place, avec son histoire, son timbre de voix et sa personnalité. Quand j'invite les gens à se présenter, je leur demande toujours pourquoi ils sont là : c'est une manière de les amener à dire « je », ne serait-ce qu'en une phrase. Ils livrent quelque chose d'eux-mêmes qui les situe et va être reçu par les autres.

Certaines personnes désirent se fondre dans la masse. Les pousser à dire « je » est un moyen pour qu'elles prennent leur place dans le chœur, au même titre que les autres.

D'autres passent leur temps à dire « tu », souvent pour se plaindre du comportement d'un autre ou pour le juger. En les amenant à dire « je », j'apaise les tensions : dire « je » est une manière d'assumer sa propre responsabilité.

D'autres, à l'inverse, se montrent envahissants au sein du groupe et finissent par le déséquilibrer. Le chef de chœur a la responsabilité, par sa créativité, son humour et sa fermeté, de les recadrer tout en invitant les plus réservés à oser prendre leur place. C'est aussi une forme de partage de responsabilité : ils doivent s'imposer, faute de quoi ils sont complices des personnalités envahissantes.

***

LES VOIX DU CHŒUR

Finalement, un chœur est une somme d'individualités autonomes, mais interdépendantes et en quête d'une harmonie collective. Si je devais prendre une image, je dirais qu'un chœur est un cercle dans lequel chaque chanteur est relié aux autres par un fil d'or représenté par la voix ; lorsque tous les fils sont habités par l'envie de chanter ensemble, le chœur est vivant. Les voix des chanteurs que certains supportent mal sont des occasions de dépasser quelque chose. L'espace-temps de la répétition est là pour que s'accordent les voix entre elles et pour donner naissance à un chant qui nous traverse.

La démarche que je propose est basée sur la personne. Chacun est amené à faire une rencontre avec sa voix et avec celle des autres. Le travail que nous faisons ensemble, collectivement, individuellement et par petits groupes, permet à chacun de mieux se connaître dans le groupe.

C'est probablement ce qui explique que la grande majorité des chœurs que j'ai dirigés comptaient seulement une vingtaine de chanteurs. J'ai dirigé pendant un an un chœur de 120 personnes, mais cela ne me convenait pas du tout. Un nombre de chanteurs peu élevé est pour moi un élément important : cela permet d'effectuer un travail individuel tout en menant un travail collectif efficace. Quand on chante seul sa voix, il y a évidemment des fausses notes. Mais ce qui fait progresser, c'est justement cette expérience où l'on se retrouve seul à rechercher l'accord entre les voix. Chanter seul sa voix dans un duo, un trio ou un quatuor rend les chœurs matures et donne consistance et chair aux chants que nous interprétons.

A une époque, le chœur Passador comptait 20 chanteurs : cinq sopranes, cinq altos, cinq ténors, cinq basses. Cet équilibre pour moi idéal créait une couleur vocale vraiment intéressante et une réelle dynamique dans le travail : un vrai bonheur musical !

Quand des chanteurs frappent à la porte d'un chœur, je les rencontre individuellement. J'écoute leur parcours et leur motivation, mais je les rencontre aussi vocalement. Nous avons tous une voix unique, avec une tessiture particulière. Chacun intègre l'un des quatre pupitres du chœur, selon son timbre. Chaque voix est à valoriser.

La voix de basse c'est la base, comme le violoncelle ou la contrebasse d'un orchestre : elle porte les fondations de l'harmonie par des notes graves, sur lesquelles les autres voix s'appuient et forment les accords. Le thème est la plupart du temps chanté par les sopranes. Les ténors et les alti sont deux voix complices qui apportent le complément et la subtilité harmoniques du morceau. Elles sont de ce fait plus difficiles à entendre et à mémoriser. L'oreille est attirée par la mélodie des sopranes, qu'une majorité de femmes voudrait chanter. Souvent, la tessiture aiguë est associée à la féminité, et la tessiture grave à la virilité. Les échanges avec les chœurs hongrois *Monteverdi* et *Canticum Novum* nous ont aidés par leur exemple : nous y avons entendu des voix d'alti incarnées et chaleureuses, et des ténors éclatants. Touché par les voix de contre-ténors, j'ai aimé accompagner certains hommes dans l'apprivoisement de leur voix aiguë. Il faut dépasser ces a priori pour rendre aux registres d'alto et de ténor tout leur caractère et leur beauté.

Mais le problème, en France, c'est surtout la difficulté de recruter des voix d'hommes. A l'époque où j'étais jeune chef de chœur, il n'y avait pas de tradition de vie chorale à l'école. Dans les mentalités, chanter était une activité artistique valorisante pour les filles, comme la danse et le théâtre ; le sport était le domaine des garçons. Résultat : il y a surtout des femmes dans les chorales. J'ai suivi énormément de stages de musique où nous étions deux hommes pour une vingtaine de femmes. La même chose dans le domaine psychologique ou spirituel ! Il y a toute une éducation à faire, en famille et à l'école, pour éviter que se répandent des poncifs du style « Aux garçons le foot, aux filles la musique et la danse ».

Dans le cadre de mon projet avec les écoles primaires de Montrouge, le discours que je tenais aux parents, c'était plutôt : « Le sport ET la musique pour les garçons ET les filles ! »

Au début du chœur Porte Dorée, il y avait deux hommes et une vingtaine de femmes : j'ai choisi d'en faire un chœur de femmes et nous avons découvert ensemble la joie de chanter à voix égales. Mais je me suis aussi employé à susciter la naissance de chœurs mixtes, en défendant la présence d'au moins un tiers d'hommes.

***

UNE RÉPÉTITION

Pour moi, le but d'un chœur n'est pas de faire des concerts. Quand un répertoire a été monté, il est important qu'il soit donné à l'occasion d'un concert, mais ce n'est qu'une étape. Alors quel est son but ? C'est plutôt de susciter la naissance d'une aventure humaine dans laquelle chacun apporte sa voix. La répétition est donc absolument essentielle. Et mon défi, c'est de faire en sorte que chaque répétition soit une création. J'appuie cette création sur une grille faite de différentes étapes.

La ponctualité est importante, j'en ai déjà parlé : une répétition démarre et s'achève à une heure précise. Cette vigilance sur le temps et sa limite permet d'être là tous ensemble, dans un contrat clair dont je prends ma part. J'insiste sur la nécessité de la présence de chacun pour que le corps du chœur soit entier et uni, autant que possible. Quand on commence un morceau, en répétition comme en concert, il y a un moment de silence après que la tonalité a été donnée ; les chanteurs ou les musiciens savent alors que le morceau va commencer. Et quand il s'achève, il y a de nouveau un moment de silence qui offre l'écho de ce qui a été chanté. C'est la même chose pour une répétition. Le questionnement sur la façon de commencer et de terminer une répétition m'a amené à créer des rituels de début et de fin.

J'ai nommé ma salle de travail « le Dojo des chants ». Le dojo est un lieu (*jo* en japonais) dans lequel, selon la tradition des arts martiaux, on étudie la voie (*do*). Lorsque les chanteurs arrivent, ils déposent leurs manteaux, puis ils enlèvent leurs chaussures, exactement comme ils revêtiraient leur kimono s'ils venaient pratiquer l'aïkido. Ôter ses chaussures, cela se justifie de deux manières. D'abord, l'hygiène et le confort pour tout le travail corporel, relaxation, mouvements, danse. Ensuite, c'est le signe qu'ils franchissent un sas et rentrent dans un espace consacré à l'étude. Ils déposent leur journée dans le vestiaire et sont invités à un état de disponibilité et d'accueil de l'instant présent. C'est également valable pour le chef de chœur. Aux pédagogues qu'il formait Maurice Martenot disait en substance : « Qu'on soit bien ou pas bien, ce n'est pas le problème. On laisse dans le couloir son état intérieur, comme un comédien qui monte sur scène, et on entre dans la salle où on travaille en se mettant dans un état intérieur et rythmique favorable», laissant la place à la joie d'être là. C'est parfois dans des moments personnels sombres que j'ai fait mes meilleures répétitions.

Une répétition démarre souvent par le rituel des cartes. J'apporte un jeu de cartes, sur lequel il peut y avoir des citations de poètes, de philosophes ou de musiciens, etc. Cela peut aussi être des jeux créés à l'occasion de stages, avec les mots et les dessins des chanteurs, sur un thème donné. Nous nous plaçons en cercle et chacun tire une carte. A tour de rôle, chaque chanteur énonce son prénom ; même lorsque nous nous connaissons bien, c'est important de dire son prénom. Le faire sonner dans l'espace, c'est dire : je suis là. Ensuite, le chanteur lit au groupe la carte qu'il tient entre les mains.

Ce rituel du jeu de cartes constitue lui aussi un sas entre l'extérieur et l'intérieur : c'est le premier acte qui montre que la répétition a démarré. Maurice Martenot commençait ses cours de pédagogie en nous lisant un extrait d'un livre écrit par un philosophe, un musicien ou un pédagogue. C'était une nourriture pleine de sens, qui éveillait les êtres et les préparait à une expérience pédagogique vivante de la musique.

Puis nous sortons nos instruments de leur boîte : c'est le travail sur le corps qui débute. Installés sur des tapis individuels, nous commençons par un travail de relaxation, un échauffement corporel via des mouvements issus de ce que j'ai appris du yoga, de la méthode Feldenkrais et de l'aïkido. Depuis que j'ai commencé à encadrer des chœurs, j'ai vu combien le travail par le mouvement permettait de mieux chanter et de mémoriser les chants plus facilement. J'ai donc créé toute une pédagogie par le corps. Et ce corps, il est essentiel de bien l'échauffer.

Avec les chanteurs, j'ai expérimenté, à l'occasion de stages d'été, diverses pratiques et collaborations, comme avec Marie-Cécile Delache, praticienne Feldenkrais, une démarche basée sur la conscience du corps par le mouvement, ou encore avec Daniel Martin, maître d'aïkido. Chaque matin, il réalisait un travail de mise en corps, basé sur des exercices d'aïkido adaptés aux chanteurs : des mouvements très lents ou des enchaînements avec le « Jo » (bâton de l'aïkido), qui étaient de véritables chorégraphies.

La troisième étape associe le corps et la voix par des vocalises. A l'image de l'échauffement d'un sportif ou d'un danseur, les vocalises sont un passage important pour un chanteur : cela permet d'explorer les graves et les aigus de sa voix, d'élargir sa palette, d'entraîner son souffle et de s'accorder mélodiquement et harmoniquement. J'ai toujours tenu à aborder ce moment technique de façon ludique, en l'associant au corps et à la relation à l'autre. Je m'installe au piano et nous répétons une phrase musicale de demi-ton en demi-ton, en l'accompagnant d'un geste. Par exemple, nous chantons « Bonjour et bienvenue » en tendant la main droite, puis la main gauche, et enfin les deux, en regardant un partenaire dans les yeux. Toutes les chaises ayant été mises de côté, nous faisons cela en bougeant dans l'espace, comme à l'occasion d'un échauffement de théâtre ou de danse. Ce réveil des corps, ces vocalises virevoltantes et ces regards complices déclenchent en quelques instants un plaisir partagé.

C'est un moment original, qui peut étonner les nouveaux venus, voire les mettre un peu mal à l'aise au début. Mais ils ne tardent pas à plonger dans le bain où tout se déroule naturellement. A cet égard, les anciens ont un rôle essentiel à jouer : ce sont eux qui accueillent les nouveaux. C'est un état d'esprit qui me vient aussi de l'aïkido : la force d'un dojo réside dans le fait que les anciens, les hakamas, prennent soin des débutants. Ils se doivent d'être dans la transmission : pour quelqu'un d'avancé, c'est même un honneur que de montrer la voie à un nouveau venu. Au sein du chœur, les anciens transmettent ces exercices et la joie est contagieuse !

De ce point de vue, le rôle du chef de chœur est également important : il doit entraîner les chanteurs dans une dynamique, quasiment entrer en transe comme le ferait un artiste sur scène. Maurice Martenot expliquait que, quand il enseigne à des enfants, il adopte leur état rythmique. Je le revois à 80 ans donner un cours à des enfants en sautillant comme un cabri. En effet, le cœur d'un enfant bat plus vite que celui d'un adulte ; l'enseignant doit donc se mettre dans un état d'éveil particulier, faute de quoi les enfants pourraient bien s'ennuyer !

***

Vient ensuite le moment d'apprendre un nouveau chant. Moi qui suis un amoureux de la poésie, j'ai une affection particulière pour les textes. Une belle polyphonie est avant tout basée sur un beau texte.

Je commence par écrire chaque nouveau texte sur de grands panneaux que je fixe sur les murs de la salle. Tandis que les chanteurs sont debout, nous faisons un travail de découverte et de mémorisation du texte dans sa langue, en le théâtralisant : la surprise de l'interprétation met en éveil les chanteurs et évite les cassettes ronronnantes. Par exemple, si nous apprenons une berceuse, nous la travaillons avec de la puissance, de l'originalité, différents caractères, de grands gestes. Pas du tout comme si on voulait endormir un enfant. Le texte va se trouver ainsi incarné et, avec une pratique régulière, mémorisé dans le corps. Pour faciliter le travail de prononciation des langues étrangères, je fais appel aux personnes les plus compétentes parmi les chanteurs ou bien nous partons à la recherche d'une voix pour enregistrer le texte. Nous continuons l'appropriation du texte par des improvisations chantées, individuelles ou collectives, sur ce morceau dont nous ne connaissons pas encore la mélodie.

Enfin nous sortons chaises et partitions. C'est le temps du déchiffrage. Au fil des années, tout le monde s'est progressivement mis à déchiffrer. C'est toujours une immense joie, car la musique est un langage. L'une des clés du déchiffrage, c'est qu'on apprend à déchiffrer en déchiffrant. J'ai vu des gens s'y mettre sans jamais avoir pris de cours de solfège. Avec une pratique régulière, ils ont acquis les codes de façon vivante et ludique. Pour cela, la caisse à outils que m'a offerte Maurice Martenot m'a une fois encore aidé. C'est grâce à elle que j'ai pu trouver une pédagogie musicale qui favorise la lecture des notes, des intervalles, des accords et la précision rythmique.

Pour cela, le concours des pianistes qui nous accompagnent est précieux : ils soutiennent le chœur, ce qui me permet d'être plus disponible dans ce travail. Nous répétons jusqu'à ce que l'imprégnation de la musique soit suffisante pour lâcher les partitions et travailler la mémoire de cette matière musicale. Quelques séances suffisent généralement.

Car il n'est pas question que nous chantions toujours assis, chacun dans sa bulle et enfermé sur sa partition ! Nous repoussons à nouveau les chaises et profitons de l'espace pour créer des chorégraphies simples : un geste est associé à une phrase avec une intention. Cela devient un geste vocal. Et pour ancrer dans son corps le rythme, le chœur se divise en deux rangées qui se font face, reculant et avançant au tempo et en mesure. Mettre une rythmique dans ses pieds, c'est un moyen pour mieux mémoriser un chant par cœur, et le rendre plus vivant. Dans toutes les traditions populaires, le chant est associé à la danse et se transmet oralement.

Cette pédagogie basée sur les mouvements et sur la mémorisation permet, d'une part, d'intégrer dans le chœur des gens qui ne savent pas déchiffrer une partition et qui n'ont pas d'expérience musicale. D'autre part, de rechercher une attitude dynamique et active qui mette tous les chanteurs dans un état de disponibilité et d'écoute des autres voix et de la direction du chef. Cet apprentissage par cœur et par le corps de pièces musicales parfois complexes, comme une cantate de Bach ou une pièce contemporaine hongroise, demande certes un temps plus long mais m'a toujours paru incontournable. L'intégration de la musique et la liberté d'expression qui en découlent sont un trésor dont nous ne pouvons plus nous passer, une fois qu'on l'a expérimenté.

***

J'ai toujours défendu le fait d'avoir des pianistes-accompagnateurs de qualité qui sachent improviser. Durant la dernière demi-heure de la répétition, après que nous avons travaillé seuls ou en quatuor les chants les mieux connus, je fais en sorte que chacun des chanteurs puisse improviser, de quelque manière que ce soit : accompagné par le pianiste, a capella, seul, à deux, par pupitre, etc. Nous pouvons nous appuyer sur un texte fixé au mur en improvisant une mélodie ou suivre la musique du pianiste en improvisant un texte à partir d'un thème donné. C'est la précision de la contrainte sur un temps limité qui permet souvent la réussite d'une improvisation.

Ce moment d'improvisation fait souvent peur, dans un premier temps. Les chanteurs qui ne l'ont jamais expérimentée éprouvent une appréhension. Mais au fil du temps, cela devient un moment de bonheur que tous les chanteurs finissent par réclamer. Ils peuvent explorer leur voix, toute leur tessiture et découvrir leur palette expressive. Tout est permis. Chacun est dans sa créativité et libère l'artiste qui est en lui.

J'attache une grande importance à la créativité. Dans le cadre des stages ou des week-ends, il y a toujours un temps où les chanteurs sont amenés à faire ce que j'appelle une « créativité ». C'est une proposition décalée, qui n'a apparemment rien à voir avec les polyphonies que nous chantons. Par exemple, chacun donne un mot au hasard et je propose aux chanteurs d'écrire un texte sur un thème donné, contenant chacun de ces mots. Le lendemain, chacun lit son texte et, parfois, j'invite les gens à chanter en improvisant sur ce texte.

Un autre exemple de créativité : la « chanson coucou ». Il s'agit d'écrire un texte personnel sur la musique d'une chanson choisie par chacun. Je suggère un thème, souvent en lien avec notre répertoire ou avec un concert à venir. Je peux également inviter les gens à trouver un personnage, avec sa voix, son costume ou son accessoire, et à interpréter avec lui une chanson de notre répertoire.

Ces partages de créativité sont des temps dans lesquels les chanteurs s'investissent beaucoup parce qu'ils découvrent et livrent quelque chose d'eux-mêmes qui relève de l'intime et libère leur enfant créateur.

Il émane du groupe qui écoute un émerveillement qui porte la personne et l'incite à se montrer audacieuse. J'ai vu des gens sauter dans le vide, se donner la permission de se tromper, livrer un trésor ou encore rebondir après un bide assumé.

Il ne s'agit pas d'une expérience kamikaze où chacun se jette dans la fosse aux lions. Mais d'une audace protégée qui pousse à sortir de sa zone de confort et à explorer son artiste. Alors, tout est possible.

***

Et si tout est possible, c'est parce que cette méthode repose sur le plaisir, le jeu et l'inventivité. J'ai beaucoup appris avec l'Atelier Chant ; il fallait que nous fassions du chemin pour traverser la difficulté sans que les gens s'en rendent compte. J'avais de grandes exigences quant au choix même du répertoire, mais il fallait qu'il soit à leur portée. Le choix du répertoire se situe entre l'exigence de se lancer un vrai défi et la nécessité de ne pas mettre les chanteurs en échec par des pièces musicales inappropriées ou trop techniques.

Dans mes préparatifs de répétition, j'imagine des jeux pédagogiques. Une répétition n'est réussie que si le chef de chœur l'a bien préparée, mais elle n'est vivante que s'il se laisse déranger et inspirer par ce qui se passe sur le moment. Quand une difficulté surgit, il faut la résoudre en inventant un exercice. Par exemple, si je sens le chœur en proie à une difficulté rythmique sur un chant, je peux demander à quelqu'un de prendre une percussion et de battre une pulsation. Au bout d'un moment, je demande à l'ensemble du chœur de réaliser une polyrythmie avec de petites baguettes chinoises, chacun tapant sa voix. Nous ne tenons plus compte du texte et de la mélodie et nous nous concentrons exclusivement sur le rythme.

Inventer, c'est aussi suggérer des intentions qui donnent chair aux chants : chanter dans les oreilles d'autres personnes qui ferment les yeux, chanter autour d'une femme enceinte dans le groupe, envoyer son chant pour un proche fragile, chanter pour célébrer un anniversaire, ce sont autant d'intentions qui donnent sens à notre chant et, souvent, le révèlent.

***

RÉPÉTER ET INVENTER

Parfois mes proches me demandent comment je ne me lasse pas de faire chanter certains chants, qui sont le noyau de mon répertoire et que je reprends avec différents groupes depuis 40 ans.

Je constate que ma démarche cultive le goût de chercher, d'approfondir, d'explorer de nouveaux horizons, à partir d'un matériau qui est souvent le même. Ce sont en effet les mêmes vocalises, les mêmes rituels, les mêmes exercices qui sont répétés. Pourtant ils sont recréés par la situation vécue qui, elle, est porteuse d'imprévu, d'inconnu. Je les aborde avec la démarche de celui qui ne sait pas à l'avance ce qui va se passer. Je me prépare pour être dans un état de disponibilité qui laisse place à l'inspiration, pour proposer tel ou tel exercice. Aussi un chant pourtant chanté des centaines de fois peut être une expérience nouvelle, une expression inconnue.

Mais comment se mettre dans cette posture créative ? Cela demande d'accepter de traverser ce sas de « vide », l'angoisse de la page blanche, ou le flot de pensées et d'émotions envahissantes avant chaque répétition. Au fil des années, celles-ci ont été mieux contenues. L'apprivoisement du corps par la respiration, la marche ou la méditation ont été les moyens de me préparer à cet état réceptif, à chacune de ces rencontres. S'il est essentiel de préparer sa répétition, il l'est encore plus de bien se préparer.

Je retrouve cet état créatif de l'enfant qui joue, qui invente des mondes à partir des mêmes objets. Dans la démarche artistique, on approfondit son sujet, sa forme et les développements qu'il prendra, à partir de qui on est, comme le cuisinier qui réinvente sa recette à partir des mêmes ingrédients, ou comme ces réalisateurs ou ces peintres dont on peut dire qu'ils ont tourné autour du même sujet toute leur vie et, par cet approfondissement, ont créé leur œuvre.

Chaque répétition comporte toujours sa part d'improvisation, d'instant présent. Lorsque l'enjeu me semble plus grand parce que le contexte m'est moins familier ou plus prestigieux et qu'il génère plus de trac, je me prépare en me disant que si mon intervention est un bide, je ne vais pas mourir. Si elle est correcte mais sans la flamme de la vie et sans le déclic d'une vraie relation avec les personnes qui sont là, j'aurai raté mon objectif. Il faut prendre le risque de rater son intervention pour toucher sa cible.

***

UNE THÉRAPEUTIQUE ?

Définir le cadre, veiller à la bienveillance et à l'absence de jugement, désamorcer les conflits, préparer les répétitions, s'adapter en permanence aux événements… Tout cela crée des conditions favorables au travail musical. Mais il y a une autre dimension dans la vie chorale.

Après avoir été chef de chœur pendant un dizaine d'années, j'ai suivi une formation de thérapeute. J'ai exercé en tant que musicothérapeute pendant trois ans. Mais j'ai fini par sentir que ma place était davantage celle d'un chef de chœur, enrichissant sa pratique d'un travail sur soi, sur le corps et sur la connaissance de l'homme, tout en lui donnant une dimension spirituelle.

Aujourd'hui, il est clair pour moi que le chœur ne constitue pas une thérapie. En revanche, il a des vertus thérapeutiques. Il m'arrive souvent de constater qu'un exercice suscite chez un chanteur une émotion profonde, en lien peut-être avec son histoire. A cet instant, mon travail est de l'aider à accueillir son émotion, sans la fuir, à accepter de la vivre. Et au lieu de la mettre en mots comme avec un thérapeute, je l'invite à la mettre en chant. S'il a besoin d'un accompagnement psychologique, il doit le trouver ailleurs. Par la voie du chœur, je vois aussi l'estime de soi de chacun grandir : meilleure connaissance de soi, audace, capacité à assumer ses erreurs qui ne sont plus considérées comme des échecs, meilleure confiance en soi, fierté, sentiment d'appartenance à un groupe...

En outre, quand on est chef de chœur, il est important de reconnaître qu'on se trouve dans une position de pouvoir à l'égard des chanteurs. Ce pouvoir, il convient bien entendu de l'assumer, comme lorsqu'on est parent. Mais il faut aussi avoir conscience du danger d'en abuser : séduction, manipulation, toute-puissance... Un travail sur soi (analyse de la pratique, échange avec ses pairs...) permet d'éviter cet écueil. Il permet de repérer les phénomènes de projection et d'être vigilant par rapport aux attentes affectives des uns et des autres, les siennes comme celles des chanteurs.

Personnellement, le travail thérapeutique m'a permis de traverser des situations difficiles qui m'échappaient quand j'étais jeune chef de chœur. Autrefois, par exemple, je vivais mal le départ de certains chanteurs, avec lesquels tout un chemin avait été accompli. J'espérais m'appuyer sur leur expérience pour en entraîner d'autres, c'était frustrant ! Mais avec la maturité, j'ai compris que, dès lors que c'était le bon moment pour lui, il était juste qu'un chanteur quitte le chœur et qu'il se serve de ce qu'il y avait vécu et appris pour rebondir. Finalement, nous nous sommes mis à célébrer chaque départ par un temps privilégié où le chœur honore la personne qui s'en va, afin de ponctuer ce que nous avons fait ensemble.

C'est une autre façon d'illustrer la notion d'engagement et liberté, dont j'ai parlé précédemment. Ces départs annoncés et ponctués sont bénéfiques et nécessaires pour le chanteur, le chœur et le chef de chœur. Cela permet de renforcer le sentiment de responsabilité, et en même temps d'échapper à la culpabilité. Le chœur s'ouvre et se referme sans blessure. C'est du même ordre lorsqu'il s'agit de clore l'aventure d'un chœur. Je l'annonce au moins un an à l'avance et nous le fêtons d'un événement musical et de moments avec les chanteurs pour faire mémoire et célébrer cette aventure. La séparation est accueillie comme une étape de vie.

***

UNE MATRICE

Tous les chœurs que j'ai dirigés affichent une caractéristique commune : quelque chose comme une matrice bienveillante. Cela s'est fait de manière intuitive. Je me suis retrouvé chef de chœur un peu par hasard et j'ai créé un espace-temps où les chanteurs et moi-même étions amenés à nous engager, à travailler et à nous impliquer ensemble dans un cadre défini. Il m'a fallu des années pour comprendre qu'en réalité, en faisant ce travail j'ai créé la matrice qui m'avait manqué : une mère qui me regarde et qui prend soin de moi, un père qui me protège et qui me donne la permission d'oser. Aider les gens à accoucher d'eux-mêmes, c'était pour moi une forme de résilience.

Avancer dans la vie, c'était avancer avec les autres. Au sein de l'Atelier Chant d'ATD Quart Monde, j'avais affaire à des hommes et des femmes brisés par la vie, en grande précarité. Sans pour autant le formuler, ils m'ont assez vite considéré comme l'un des leurs. Je n'avais pourtant pas connu la misère et je n'ai jamais évoqué devant eux les blessures de mon enfance. Mais j'ai senti de façon presque animale qu'ils m'acceptaient comme un frère. Cela me donnait une légitimité pour me montrer parfois très exigeant avec eux, en souhaitant toujours le meilleur pour eux.

Dans cette matrice chorale, quiconque le souhaitait était accueilli : des gens qui ne chantaient pas juste, des gens profondément timides, des gens qui refusaient de se laisser aller à leurs émotions, des gens qui avaient peur de la vie de groupe, des gens coupés de leur corps au point d'avoir du mal à mettre un pied devant l'autre lorsque nous commencions à danser… Nous nous sommes engagés pour « faire du beau » ensemble. Il ne s'agissait évidemment pas d'interpréter d'emblée le *Requiem* de Mozart, mais un répertoire approprié : des chants du monde bien harmonisés, porteurs souvent de combat et de liberté, tels les Negro spirituals, des berceuses du monde, pour vivre des bains de douceur.

L'Atelier Chant a permis aux chanteurs et chanteuses de faire tout un chemin. Certains sont parvenus à coordonner leur corps en participant volontiers aux chorégraphies. D'autres ont accepté de dévoiler une part de leur intimité à l'occasion d'un chant. D'autres encore ont pris confiance en eux grâce à la dynamique de groupe et aux cercles de parole que nous organisions. Et quand nous leur avons projeté *Quand des voix se rencontrent*, le film que Caroline Glorion a consacré à cette expérience, tous ces gens qui avaient parfois connu la honte se sont trouvés beaux et fiers.

Transmettre et accompagner

Je n'aurais jamais pu enseigner dans une structure de type Conservatoire. Je ne m'y serais pas senti à ma place, j'ai trop besoin d'être libre pour créer et trouver les formes qui me conviennent. C'est pour cela qu'en 1986, j'ai créé l'association Kiantado.

Le nom de Kiantado m'est venu quand je pratiquais l'aïkido. *Ki,* c'est le souffle, l'énergie dans la culture japonaise ; *canta*, c'est le chant dans de nombreuses langues ; et *do*, la voie en japonais, comme dans « judo » (la voie de la souplesse), mais c'est aussi la base de l'échelle de la gamme, avec ses intervalles basés sur les harmoniques. *Kiantado* est donc en quelque sorte la voie de l'énergie par le chant choral.

Le chœur Contretemps, que j'ai créé en 1984 et qui dura 8 ans, avait été le chœur de mes premiers pas et de l'émerveillement, la fougue, la fierté et la passion du jeune chef de chœur que j'étais. Puis l'association Kiantado donna naissance à 4 chœurs.

Le chœur Kiantado, né en 1991, est un chœur mixte qui fêtera bientôt ses 30 ans. C'est celui que j'appelle mon chœur d'étude. J'y creuse et rassemble mes recherches, j'explore l'alliage entre chant et arts martiaux, chant et écriture, chant et jeu burlesque...

Nous portons notre chant vers des publics variés, villages ruraux, hôpitaux, soins palliatifs, EHPAD, Université populaire d'ATD Quart Monde.

Le chœur de femmes Porte Dorée, né en 1993 et qui dura 15 ans, était co-animé avec Aniochka Guyot-Mallet, pianiste accompagnatrice qui a harmonisé avec talent de nombreux chants. C'est le chœur de la sororité. Il s'y est développé une solidarité forte entre ces femmes de toutes générations.

Le chœur d'hommes Rasboïnika a permis lui aussi d'explorer la beauté et la spécificité des voix égales. Expérience plus brève mais intense, c'est le chœur de la fragilité et de la puissance, les hommes y assumaient leur sensibilité, leurs couleurs vocales, leur douceur et leur force.

Enfin j'ai conçu le chœur Passador, créé aux 15 ans de ma fille Marie, comme un chœur du passage de l'adolescence à l'âge adulte. C'est le chœur des chevaliers, dans l'esprit du jeune homme que j'étais à Emmaüs. Des chevaliers qui ont faim et soif de musique, de projets, de défis. Ils m'ont poussé à expérimenter de nouvelles directions de travail par la danse et la mise en scène. C'est eux que j'ai embarqués en 1997 dans mon engagement avec ATD Quart Monde, avec l'Atelier Chant.

***

Au fil des années, les structures officielles de formation ont commencé à s'intéresser à mon travail. Le lien s'est fait par des rencontres.

C'est ainsi qu'a débuté l'expérience de formateur de formateurs dans les années 1990. Je rencontre alors François Giroux, responsable de la formation des professeurs de musique à l'IUFM des Batignolles, à Paris. Tout de suite, nous avons envie de travailler ensemble et il me demande de transmettre ce que j'ai appris sur le tas. J'ai pris beaucoup de plaisir à former les institutrices de Maternelle – il n'y avait à l'époque quasiment pas d'hommes à ce niveau. Elles acceptaient volontiers mes propositions et elles se montraient d'une créativité extraordinaire. Le contact avec les étudiants qui passaient le CAPES et l'agrégation était plus délicat parfois. Ils faisaient de la musique depuis leur plus jeune âge et étaient davantage installés dans la posture de ceux qui savent. Ils avaient en réalité beaucoup à apprendre en termes de relations humaines. L'un d'entre eux m'a dit un jour : « Dans cette école, on ne peut rien faire avec les enfants, ils ne comprennent rien. » Je lui ai répondu : « Ce ne sont pas les enfants qui ne comprennent rien, c'est toi qui t'y prends mal. »

Être pédagogue, ce n'est pas seulement transmettre un savoir, c'est avant tout établir une relation avec l'autre. C'est l'un des problèmes de l'Education nationale : ce n'est pas parce qu'on est bon en histoire qu'on va être un excellent enseignant ; de même, en musique, il y a d'excellents chanteurs qui sont incapables de transmettre le chemin de la voix.

Par l'entremise de François Giroux, la responsable des formateurs des professeurs de musique de la ville de Paris (PVP) a assisté à l'un de mes ateliers et m'a embauché pour la direction chorale de ses pédagogues. J'ai également commencé à travailler au Centre de Formation des Musiciens Intervenants (CFMI), à la fac d'Orsay. Ces structures forment des musiciens-pédagogues sur plusieurs années. Reconnues par l'Etat, les formations qu'ils reçoivent leur permettent d'être embauchés par des mairies pour former à la musique des élèves d'écoles maternelles et primaires, diriger parallèlement un chœur dans la ville ou dans une maison de retraite, etc. J'ai travaillé plus de dix ans au CFMI, jonglant entre mon profil atypique et mon expérience qui me permettait d'accompagner les étudiants souvent confrontés à des publics difficiles.

***

Je commence souvent mes formations en montrant aux nouveaux élèves les deux films d'ATD Quart Monde sur l'Atelier Chant. Par leur dimension humaine très émouvante, ces films touchent les élèves. Je m'appuie sur le désir et l'ouverture qu'ils suscitent pour poser les bases de ma pédagogie et du travail que nous allons faire ensemble : la direction de l'année est donnée.

Dans l'importance de la relation aux autres que j'essaie de transmettre à mes élèves, je me sens en résonance avec les mots de César Geoffray – « le chef de chœur doit être un psychologue et un éducateur » – et de Maurice Martenot – « le vrai pédagogue est un éducateur par l'art, plutôt qu'un enseignant d'art ». J'ajoute que le vrai pédagogue est aussi comme sur une scène, tel un comédien.

Le premier outil du chef de chœur est son corps, sa posture, sa manière d'être ancré dans le sol, de respirer, de prendre sa place physiquement, avec une voix parlée assumée. C'est d'abord la posture qui assoit sa légitimité et l'autorité que les élèves lui reconnaîtront. Je les aide à sentir leur corps, à faire l'état des lieux de leur posture dans l'espace et dans leur relation à l'autre, à s'accepter tels qu'ils sont. C'est ainsi qu'ils gagnent en aisance et en confiance en eux.

Il y a aussi la question du regard. Regarder et être regardé, cela nécessite un travail sur la confiance en soi et sur l'estime de soi, qui doit se faire sur le terrain de la transmission musicale. Quand un formateur a travaillé sur ses propres difficultés, ses limites et ses inhibitions, il est plus compétent pour accompagner les autres à oser regarder, à oser être eux-mêmes et à faire de la musique ensemble.

Trouver sa place avec son corps, son regard, c'est aussi un travail d'humilité qui laisse la place aux chanteurs et à la musique. Souvent, les jeunes chefs de chœur ou d'orchestre font de grands gestes et prennent beaucoup de place. Mais plus ils gagnent en maturité, plus leurs gestes sont sobres. Ils sont simplement eux-mêmes, prennent leur juste place et ont une telle qualité de relation avec les chanteurs ou les musiciens qu'ils arrivent à faire passer leurs messages par un geste minuscule, voire un simple regard. Cette sobriété du geste va souvent de pair avec la qualité musicale.

***

Je propose à mes élèves de chanter en chœur à partir de mon répertoire de chants du monde. Ils voient ma façon de travailler, très engagée corporellement, comme je le fais en répétition : échauffements corporels, échauffements vocaux, improvisations, chants gestués, chants individuels en tenant le regard des autres... Je les conduis à expérimenter ce qu'ils pourraient faire vivre à leurs propres élèves.

Après leur avoir fait vivre ma pratique de l'intérieur, je les invite à trouver leur façon de faire en s'appuyant sur les outils que j'ai pu leur donner. Cela leur demande d'être créatifs et de se mettre en danger : pour entrer en relation avec les chanteurs, il faut livrer quelque chose de soi.

La notion essentielle de la pédagogie, c'est en effet d'inviter les élèves à ne pas copier la méthode de leur formateur. Je me suis moi-même formé auprès de différents maîtres de direction de chœur ; si certains tentaient de cloner leurs élèves à leur image, d'autres au contraire faisaient émerger des personnalités, des manières de faire différentes et originales. Transmettre, ce n'est pas donner des recettes toutes faites ; c'est inviter l'autre à piocher dans les outils qu'on lui propose et faire en sorte qu'il se les approprie pour les appliquer à sa manière. Ceux qui appliqueraient à la lettre ma façon de faire feraient du mauvais Baget ! A l'inverse, ceux qui restent eux-mêmes, avec leurs richesses et leurs limites, puisent ici et là dans ce que je leur donne mais restent dans un processus de recherche. C'est la même chose pour le cadre que je fixe et qui m'est propre : j'encourage les élèves à trouver le leur.

C'est là le paradoxe de la transmission : le maître invite l'élève à puiser dans son enseignement, à s'en nourrir, mais l'incite à s'en inspirer pour réinventer à partir de lui-même. Ce que l'on reçoit doit être reconnu, puis transformé et dépassé.

C'est aussi ce que j'espère en écrivant ce livre : transmettre une expérience, une connaissance, un savoir-faire aussi, mais surtout susciter chez le lecteur le désir de faire ce qu'il a à faire. Je partage ma « méthode » non pour qu'elle soit imitée, mais pour que d'autres créent la leur.

***

Entre deux journées ou stages de formation, les étudiants se retrouvent en situation de faire chanter des enfants. Je leur donne des objectifs à remplir entre nos séances. Par exemple, je les invite à tenir un cahier de bord par groupe, pour préparer leur répétition avec des objectifs précis et pour y noter les points positifs et les points négatifs après chaque cours.

Nos journées débutent par le rituel « caillou blanc, caillou noir ». C'est un moment de parole, où nous faisons le point sur ce qui s'est passé dans leur pratique depuis la fois précédente. Avec le « caillou blanc », ils font part de leurs réussites, de ce qui va bien dans leur travail. Cela peut être des réflexions comme « J'ai réussi à monter ce chant-là » ou « J'ai inventé un exercice de rythme et je l'ai appliqué dans le cadre d'une classe : les enfants étaient concentrés et enthousiastes ! » Avec le « caillou noir », ils confient au groupe les difficultés qu'ils ont rencontrées, comme « Avec telle classe je n'y arrive pas », ou bien « Il y a un enfant qui me met hors de moi, qu'est-ce que je peux faire ? »

Ces moments « caillou blanc, caillou noir » sont interactifs : chacun prend la parole tour à tour et tout le monde peut donner son avis. Au début, les élèves montrent plutôt leurs points forts musicaux : le rythme, la voix, la direction… Puis ils osent partager leurs problèmes ou leurs lacunes. Il s'agit alors d'être vrai devant les autres, parfois de « traverser la honte ». Je les invite à s'accepter avec leurs fragilités et à honorer leurs réussites en soulignant les petits pas accomplis, parce que c'est seulement à partir de là qu'ils vont pouvoir progresser. En outre, les réussites deviennent contagieuses : ce partage des pratiques encourage à expérimenter de nouvelles choses. J'insiste beaucoup sur ce que j'appelle « les trésors partagés » : par exemple, si un étudiant a découvert un chant que les enfants apprécient particulièrement, il communique la partition aux autres.

Il me semble que ce type d'espace de parole, une forme d'analyse de pratiques, devrait exister dans tous les lieux d'enseignement. Les pédagogues ont besoin d'aborder l'élément humain, d'évoquer les conflits qu'ils vivent et les difficultés qu'ils éprouvent, d'en parler avec des gens d'expérience et de confiance.

En fin d'année, pour la dernière journée, nous faisons ensemble un bilan qui se conclut par un temps de créativité : chacun partage ce qu'il a retenu de sa formation par un texte, une chanson, une mise en scène qu'il a préparés. Ce sont des moments émouvants où chacun livre quelque chose de personnel et, par cette ponctuation créative, révèle le chemin qu'il a parcouru.

***

Il m'a souvent fallu apprivoiser les groupes. Dans chacun, il peut y avoir une ou quelques personnes réticentes face à mon approche peu conventionnelle. J'ai tendance à en être affecté au premier abord, cela vient réveiller la question de ma légitimité et mon besoin de reconnaissance. Mes interventions effectivement décalées par rapport aux professeurs plus diplômés, aux parcours plus classiques, me demandent d'assumer ma démarche et ses limites, de me remettre moi aussi en cause, mais de ne pas me laisser coincer par mon besoin de reconnaissance. Je me souviens d'une journée commencée par mon rituel du jeu de cartes. Chacun tirait une carte et devait lire la citation du philosophe ou du pédagogue qui y figurait. Un élève m'a dit : « Je ne suis pas là pour faire de la philosophie, mais de la direction de chœur ! » J'ai hésité à ne plus sortir mes cartes les fois suivantes, déchiré entre le désir d'être accepté de tous et la nécessité de faire ce que j'avais à faire. Heureusement, la nécessité l'a emporté. En résonance avec cette phrase de Jules Claretie, romancier du début du xxe siècle : « Tout homme qui dirige, qui fait quelque chose, a contre lui ceux qui voudraient faire la même chose, ceux qui précisément voudraient faire le contraire et, surtout, la plus grande armée de gens, beaucoup plus sévères, ceux qui ne font rien. »

Ce fut l'occasion de soutenir combien la recherche, la curiosité, l'ouverture au monde et à la culture, sous toutes ses formes, peuvent nourrir le travail de pédagogue.

Récemment, j'ai fait une master-class au conservatoire régional de Saint-Maur-des-Fossés, avec des jeunes qui voulaient devenir musiciens et qui préparaient des concours, comme le CNSM de Paris ou de Lyon. J'avais deux demi-journées pour intervenir et présenter mon travail, mon histoire et ma pédagogie. Beaucoup étaient réticents, percevaient cela comme du temps perdu pour le travail de leur instrument, focalisés par l'exigence technique et l'échéance des examens à venir. Mais en témoignant de mon chemin de vie, j'ai réussi à les questionner sur le sens de la musique pour eux. Et j'ai eu des retours touchants : « La musique, c'est aussi l'homme, c'est la musique pour l'homme, la musique pour donner aux autres. » Le lendemain, nous vivions l'expérience vibratoire du chant en chœur, en corps et en regard. Dans ces moments, c'est souvent la berceuse la plus simple qui les bouleverse. La joie des chants du monde partagés leur permet de se rencontrer autrement, de vivre un moment collectif, rare dans leur parcours.

D'une manière générale j'ai eu des retours positifs, une fois la phase d'apprivoisement traversée. Après avoir été déconcertés au début, les élèves expérimentent avec les enfants ce que je leur propose et ils se rendent compte que cela ouvre de nouveaux horizons. Il y a eu des déclics, des prises de conscience. Cela fait partie de la transmission. Certains m'ont dit que ma façon d'insister sur l'importance du regard avait complètement changé leur vie de pédagogue et les avait ouverts à une autorité nouvelle.

Beaucoup de chefs de chœur sont venus me demander comment je faisais pour que les chanteurs connaissent les chants par cœur. Je n'avais pas de réponse à leur question si ce n'est : Faites-le ! Just do it !

Je me souviens d'un rassemblement « A cœur joie » des Choralies de Vaisons-la-Romaine, où j'étais venu avec Brigitte Bourcier et le chœur Passador pour témoigner de notre expérience avec ATD Quart Monde. On m'avait confié un atelier « Un jour, un chef ». Je me suis retrouvé sous un chapiteau pour partager ma pédagogie, avec deux ou trois cents personnes, dont de nombreux chefs de chœur. Je leur ai fait apprendre cinq chants du monde sans partition, selon ma démarche de travail, soutenu par le chœur Passador.

A la fin de la matinée, plusieurs d'entre eux sont venus me voir pour me dire qu'ils n'en revenaient pas de connaître ainsi ces cinq chants par cœur. Ils venaient de faire une expérience nouvelle. Je leur ai dit: « La balle est maintenant dans votre camp ! » Quand on m'a proposé de faire chanter le soir le public du théâtre antique, j'avais peur mais j'ai osé proposer une chorégraphie gestuée sur le beau chant croate « Vuprem Oci ». Quelle émotion de voir ces quelques milliers de chanteurs cueillir des étoiles et de les partager dans une harmonie incarnée à l'orée de la nuit et juste avant le concert du soir...

***

Depuis quelques années, je développe aussi un accompagnement individuel pour les chefs de chœur, sous forme de coaching. Il s'adresse à des gens qui dirigent un ou plusieurs chœurs, qui en ont le projet ou qui enseignent la musique. Principalement des gens en situation de diriger des groupes. Ils viennent avec des questions techniques liées à la direction. C'est du moins ce qu'ils évoquent au début. Mais une fois qu'ils m'ont présenté leurs questions, je les interroge sur leur projet musical et sur ce qu'ils envisagent de faire avec la musique. Certains n'y ont jamais réfléchi. Ils ont passé des examens, sont devenus professeurs de musique ou d'instrument, puis sont retournés enseigner en conservatoire. Mais ils ne se sont jamais posé la question de leur chemin de vie.

Je les aide à clarifier ce qu'ils ressentent et ce qu'ils aimeraient vraiment faire. Ils osent alors se lancer dans des projets musicaux dont ils ont l'envie ancrée au fond d'eux-mêmes : un chœur d'église ou de MJC, un chœur en prison, un chœur de migrants...Ils me parlent de leurs difficultés. Et je vois bien qu'elles sont pour la plupart du ressort de l'humain : ils peuvent avoir des problèmes avec les gens fragiles, avec les gens qui ne travaillent pas, avec d'autres qui ne sont pas à l'heure, ou encore avec ceux qui ont tendance à vouloir prendre le pouvoir ou toute la place au sein d'un groupe. D'abord j'écoute, j'écris, je note leurs mots exacts. Puis, je leur renvoie ce qu'ils m'ont dit, afin qu'ils s'entendent vraiment. Rapidement, ils se rendent alors compte qu'ils détiennent eux-mêmes les clés nécessaires pour sortir de leurs difficultés, assumer leurs talents et, par des petits pas précis et concrets, oser libérer leur créativité.

Libérer son artiste

Le désir d'être un artiste a traversé ma vie. Au plus profond de moi ont coexisté longtemps une attirance viscérale et un danger, un interdit. Enfant, ma sœur artiste représentait pour moi ce qui était vivant dans la maison ; pourtant le discours que j'entendais associait musique et folie. On inscrivait en moi que l'art était lié à la folie.

Le refus de mon père que j'apprenne le piano, à 5 ans, a fermé une porte. Elle s'est rouverte à mes 21 ans par la rencontre du Théâtre du Totem qui réveilla mon désir de musique et de théâtre. Mon entrée au Conservatoire Royal de Bruxelles en théâtre et poésie m'a ouvert le chemin de l'art. Cela m'attirait mais, d'une certaine manière, je l'ai contourné en devenant chef de chœur. Avec le recul, je me dis que je me serais peut-être brûlé les ailes. Je pense que beaucoup se sont brûlés, dans leur soif d'absolu et malgré leur talent, à chercher la lumière dans celle des projecteurs. La découverte de ma vocation de chef de chœur vint combler mon besoin d'être un artiste mais dans une forme protégée, en étant utile aux autres, de m'exprimer à travers leur voix, de me penser peut-être d'abord comme pédagogue, en « accoucheur de voix ».

Je continuais pourtant à être tiraillé par ce paradoxe : j'étais un artiste mais pas complètement. Je sentais en moi une partie non cultivée, non exprimée, non explorée.

***

En explorant mon histoire familiale, j'ai appris que la musique était présente de manière récurrente dans ma famille paternelle. Mon père avait une sœur dont on disait qu'elle avait une voix d'or. Mais elle est devenue « folle ». Peut-être a-t-il senti très tôt poindre l'artiste en moi et a-t-il voulu m'épargner le même sort que sa sœur…

J'ai découvert que mon père avait appris le violon lorsqu'il était enfant : je devais avoir 10 ou 11 ans lorsque j'ai retrouvé un violon cassé dans le chenil de notre maison de Nantes. C'est bien plus tard que j'ai appris qu'adulte, il chantait des Ave Maria à l'église et montait sur les tables à l'occasion des mariages pour entonner des chansons du Béarn. Mais il avait arrêté de chanter à notre arrivée à Nantes, lorsque j'avais 1 ou 2 ans. Une fois à la retraite, quand il a vu mon travail de chef de chœur, il s'est mis à chanter dans une chorale de l'université de Nantes. Et à la fin de sa vie, il m'a déclaré : « Tu rends les gens heureux en les faisant chanter ; c'est ce que j'aurais aimé faire. »

Je rendais les gens heureux, c'est vrai. Dans mon travail de pédagogue, j'amenais toutes ces personnes qui avaient fermé leurs oreilles pour se protéger à s'ouvrir au monde extérieur par le chant. Mais j'avais mis au point une pédagogie dans laquelle je pouvais ne pas chanter. Je gagnais certes en confiance, en estime de moi, en légèreté. Toutefois, le passage que je permettais à d'autres, je ne me l'autorisais pas. Je me sentais un « sans-voix ». Je prenais bien des cours de chant, au cours desquels on me disait souvent que j'avais une belle voix. Mais quelque chose restait bloqué. Je chantais parfois avec Sophie, dans les grandes occasions. La forme des spectacles poétiques du Théâtre du Totem qui associaient le corps, le théâtre et la musique restait ancrée en moi comme un désir inassouvi.

***

Il m'a fallu attendre la mort de mon père en 2005 et de ma mère en 2008 pour que ce désir refasse surface et puisse se réaliser. Pour que l'artiste enfoui tout au fond de moi sorte enfin de sa coquille. Quelque chose s'est libéré, je me suis donné la permission de chanter, de jouer, de prendre soin de l'artiste que j'étais, de prendre soin de moi tout simplement.

Et j'ai découvert l'accordéon. Enfant, j'étais touché par l'harmonium des églises et pour moi l'accordéon est un merveilleux « harmonium à bretelles », comme en rêvait Jean-Sébastien Bach. J'avais beaucoup d'admiration pour l'accordéoniste Richard Galliano, mais je devais bien sûr renoncer à jouer comme lui. Dans mes apprentissages antérieurs de la flûte, du saxophone ou de la clarinette, je démarrais sur les chapeaux de roue mais chaque fois que je commençais à maîtriser l'instrument, je me sabotais malgré moi en perdant le désir de continuer. Paresse ? Manque d'humilité ? Difficulté face à mes limites ou au décalage entre ce que j'entends à l'intérieur et ce que je peux jouer ? Fidélité à un interdit familial ?

J'ai fini par écouter ce conseil de Julia Cameron : « Donnez-vous la permission d'être un débutant, vous aurez une chance d'être un artiste. »

Je me suis lancé dans un premier spectacle, que j'ai donné pour quelques amis au théâtre du Passage vers les Etoiles, à Paris. C'était un spectacle de chants, de poésies, de textes où j'étais seul en scène, accompagné d'un pianiste. J'y mettais mon histoire, avec trop peu de recul pour le rendre recevable artistiquement. Mais ce premier cri a été une libération et j'ai alors décidé de me lancer à la découverte du travail de clown. Je me rends compte que mon père faisait souvent le clown dans la vie quotidienne et sociale, mais ce n'était pas toujours drôle, cela nous mettait mal à l'aise : cela surgissait sans prévenir, sans jeu ni connivence, sans distance, c'était un peu « fou », en y repensant. Moi, c'est le clown poétique qui m'intéressait, celui dont la joie transcende la tristesse ; celui qui fait l'aveu de ses limites, de ses hontes, de ses peurs, de ses fragilités, de sa sensibilité, de ses monstruosités, protégé par son nez rouge.

Pendant plusieurs années, ce travail du clown auprès d'Hervé Langlois puis de Fred Robbe a été une expérience forte d'exploration du jeu burlesque et de l'improvisation. C'était libératoire et sain de dévoiler, grâce à ce petit masque qu'est le nez rouge, des parties de moi jusqu'alors retenues ou illusoirement cachées.

Et puis, en 2013, est revenu le désir d'aller au bout du projet d'un spectacle. Ainsi est né le spectacle *180°*, l'histoire d'un chef de chœur qui a toujours tourné le dos au public et qui ose enfin se retourner. Lorsque le spectacle commence, il raconte à son pianiste le rêve qu'il vient de faire : le jour de son propre enterrement, l'assistance autour de son cercueil entonne les chants qu'il a fait chanter toute sa vie. Soudain, il se redresse, lève le doigt et dit : « Je peux pas mourir, j'ai pas chanté ma petite chanson ! » Protégé par un accordéon et un nez rouge, il s'autorise à devenir un artiste débutant, chante, joue, fait chanter, raconte, partage les phares de sa vie.

180°

J'avais la honte, j'tournais le dos
A mon désir, mon rêve d'enfant
Seul dans ma cage, j'en m'nais pas large
J'avais plus l'âge d'm'en raconter !
Oser l'virage, ça m'tentait bien,
Mais pour faire face, faut s'protéger
La permission, j'me la suis donnée
Et j'ai osé me retourner

A toi d'jouer et de trouver
Ton petit nez pour t'retourner
A 180 degrés

Et j'ai trouvé ce petit nez
Un bouclier de chevalier
Un p'tit nez rouge pour m'protéger
Mais ce rouge-là, c'est pas la honte !
Et j'ai osé le premier pas,
Le plus petit précis possible
C'est ma fierté ce petit nez
Droit dans les yeux j'peux t'regarder

A toi d'jouer et de trouver
Ton petit nez pour t'retourner
A 180 degrés

Grâce à ce nez, j'suis libéré
J'ose chanter, j'ose jouer
Te recevoir et te donner,
J'ai même appris à respirer !
Désencombré, je peux marcher,
Marcher sur l'eau ou m'envoler
Par les nuages, être inspiré
Et par la mer… voyager !

Par ce ciel étoilé
L'obscurité est traversée,
Voici le temps de co-créer…
Un opéra ou jardiner

A toi d'jouer et de trouver
Ton petit nez pour t'retourner
A 180 degrés

Ce spectacle a été pour moi un véritable accouchement. Soutenu et accompagné par Jean-Gabriel Bensoussan, pianiste et complice musical, nous l'avons joué en 2016 et 2017, chez les amis qui pouvaient l'accueillir et rassembler un public, puis dans quelques théâtres. Ce désir de monter sur scène depuis l'âge de 20 ans devenait enfin réalité : il y avait une part de soulagement d'avoir écrit ce spectacle, joué, et chanté mes chansons. Mais je réalisais aussi la part de fantasme de ce projet : je croyais enfin devenir un artiste, or tous me renvoyaient une image tout autre : celle d'un artiste qu'ils connaissaient déjà depuis longtemps ! Tout de même, j'avais retrouvé ma voix et ma voie, en alliant l'artiste-chef de chœur et le clown-musicien, en assumant de monter seul sur scène.

***

Alors qu'on a tendance à séparer artistes et pédagogues, j'ai toujours invité les musiciens ou chefs de chœur que j'accompagnais à conjuguer les deux pour devenir « artistes-pédagogues ». La pratique pédagogique doit être enrichie par le soin qu'on accorde à son artiste. Tout comme le terrain de la pédagogie peut nourrir l'artiste. Selon moi, la pédagogie et l'art ont bien des similitudes : l'envie de donner à un public ressemble à l'envie de transmettre ; en outre, le pédagogue doit en permanence se montrer créatif face à ses élèves. Un bon clown doit afficher une réactivité à toute épreuve pour savoir improviser en fonction de ce qui se passe dans l'auditoire ; de même, un bon pédagogue doit certes avoir préparé son cours, mais il lui faut savoir saisir les imprévus pour créer une séquence qui corresponde à la nécessité du moment.

Je ne nie pas que l'équilibre entre les deux soit difficile à trouver. Souvent, les artistes se laissent envahir par leurs activités pédagogiques, ne serait-ce que pour gagner leur vie. Ou bien ils ne prennent pas soin de l'artiste qu'ils sont. Et ils en éprouvent une réelle frustration, qui finit par entraîner une perte de créativité. Ils peuvent se sentir des artistes ratés, risquant non seulement de mépriser leur travail de professeur mais de ne pas pouvoir accompagner l'éclosion de l'artiste chez leurs élèves. J'encourage donc les gens que je forme à trouver le juste équilibre.

Si j'accompagne des artistes-pédagogues, c'est aussi pour que ce trésor qu'est l'art sous toutes ses formes – la musique et l'art choral, en ce qui me concerne – puisse s'adresser à tous et pas seulement à une élite. Pour que chacun ait accès au meilleur de l'art et puisse éveiller l'artiste qui est en lui. C'est le chemin que j'ai choisi.

Épilogue

A 66 ans, je pars vivre en Bretagne, le pays de mon cœur.

Dans la maison qu'il faut s'apprêter à quitter, je me retrouve devant une quantité phénoménale d'objets, de livres, de photos, de dossiers, de lettres, de traces de toute une vie chorale qui m'ont aidé à sentir la réalité des expériences vécues et des liens tissés mais qui appellent à un grand désencombrement. Pour beaucoup, la question de leur utilité se posait et j'ai senti venu le moment de les lâcher. Mais dans les entrailles du *Dojo des Chants*, ma salle de travail et de répétition, restait un trésor : que faire de toutes ces partitions, ces CD, ces livres d'art, de pédagogie et de musique rassemblés au fil de ces 40 ans de recherche, de rencontres et de projets réalisés ?

Je n'ai jamais oublié ce moment, il y a une dizaine d'années, à l'heure du coucher des enfants. Après l'histoire du soir, Clara me dit sans transition : « Papa, quand tu seras mort, moi j'aimerais avoir tes partitions ! » C'était d'abord troublant de l'entendre parler si légèrement de ma mort, mais touchant de simplicité. Et Johanna, la plus jeune, d'enchaîner : « Moi, je voudrais ton petit car combi Volkswagen bleu ciel. » Cette voiture miniature évoquait un rêve que j'avais depuis toujours et Johanna voulait hériter de mon rêve!

Mystère de la manière dont se crée dans nos histoires la dynamique de transmission et de séparation...

Johanna est parvenue à trouver sa voie, à écouter ses propres rêves et, maintenant jeune adulte, je crois qu'elle n'a plus besoin de porter les miens.

Pour Clara, apprentie cheffe d'orchestre, la transmission semblait évidente: j'allais lui donner ce qu'elle voudrait parmi tous mes trésors de musicien-chercheur, et je partagerais le reste aux musiciens de notre réseau.

A ma grande surprise, elle a mis très peu de partitions de côté pour elle. J'en étais troublé, affecté même. Mais elle m'a dit: « Papa, tout ce que j'ai reçu de toi, je l'ai à l'intérieur. »

Elle pouvait donc recevoir un héritage sans porter le poids de lourds cartons!

Quant à Marie, l'aînée, c'est elle qui a enclenché avec clarté et talent le processus de ce livre. Je crois qu'il lui tenait à cœur de savoir que ce qu'elle a vécu et reçu pendant les dix années au sein du chœur Passador allait être partagé à d'autres. Elle devenait celle qui m'aidait à relire mon histoire et mettre en forme mon expérience.

Ce partage privilégié nous permettait de poursuivre notre travail de séparation, dans le sens de la recherche de la juste distance.

La transmission est bien liée à la séparation comme la liberté est liée à l'engagement.

Mes filles m'invitent à être un bon père et une bonne mère pour moi : m'aimer enfin moi-même pour aimer l'autre en liberté.

Je sens aujourd'hui l'appel intérieur à lever le pied pour marcher, vivre au quotidien la contemplation, en silence et solitude ; mais aussi l'appel à continuer de transmettre, ici et là, à travers des stages, des conférences participatives dans des lycées, des écoles de musique ou tout endroit en quête de sens...

Dans son livre *Le Potager, école d'humanité*, mon ami Jacques Musset invite chacun à tout transformer : « Ne jetez rien, compostez tout ! Rien n'est condamné à la stérilité et à l'inutilité. Tout, absolument tout, peut servir à notre croissance intime. La seule condition, c'est de consentir à la décomposition en nous de ces réalités qui nous gênent, blessent, pèsent, irritent, culpabilisent... »

Pierre Rabhi invite à la sobriété heureuse, l'abbé Pierre à la désillusion enthousiaste, Joseph Wresinski au meilleur de soi partagé.

Dans la transmission, il s'agit bien de donner, recevoir, trier, composter, s'alléger, renoncer, réinventer, prendre sa place et laisser l'autre aller vers sa terre.

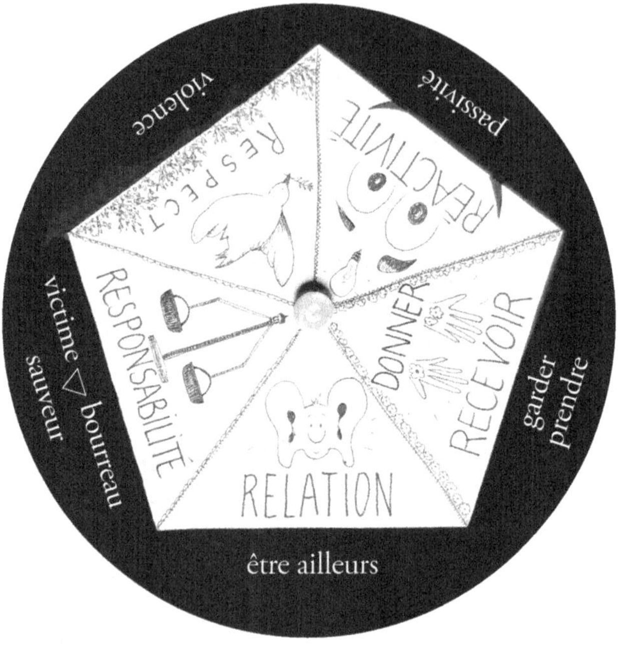

Le cadre des 5R réalisé par Clara Baget.

Bibliographie et ressources

L'ASSOCIATION KIANTADO : www.kiantado.com

EMMAÜS

Abbé Pierre, Emmaüs ou venger l'homme... en aimant, Père Bernard Chevallier (Livre de poche)

La Force des infiniment petits, citations sélectionnées par Jean Rousseau (Le Cherche-Midi)

Les Combats de l'abbé Pierre, Denis Lefèvre (Le Cherche-Midi)

Je voulais être marin, missionnaire ou brigand : carnets intimes inédits, Abbé Pierre (Le Cherche-Midi)

Confessions, Abbé Pierre (Albin Michel)

ATD QUART MONDE

Quand des voix se rencontrent et s'accordent..., documentaires de Caroline Glorion et Delphine Duquesne (Editions Quart Monde)

Joseph l'insoumis, film de Caroline Glorion

Joseph Wresinski : 50 ans de combat contre la misère, documentaire de Caroline Glorion et Gérard Lemoine (Voir et dire).

Paroles pour demain, Père Joseph Wresinski (DDB)

Culture et grande pauvreté, Père Joseph Wresinski (Cahiers Wresinski n°7 éditions Quart Monde)

30 ans d'histoire de l'enfant du Quart-Monde par la photographie, (Editions science & service)

Quand un peuple parle, Bruno Tardieu (La découverte)

La Dignité pour boussole, Eugen Brand et Michel Sauquet (Editions Quart Monde et l'Atelier)

LE CORPS

Vivre mieux au quotidien – Vittoz, mode d'emploi, collectif (Chronique sociale)

Oser la Vie-Vittoz-100 praticiens pour en témoigner, collectif (Delachaux et Niestlé)

Le zen dans l'art chevaleresque du tir à l'arc, Eugen Herrigel (Dervy)

Energie et bien-être par le mouvement, Moshe Feldenkrais (Dangles)

Cohérence cardiaque 365, David O'hare (Thierry Souccar)

Soif de vie : jeûne et méditation, Jean-Luc Souveton (Nouvelle cité : vie des hommes)

L'art de jeûner, Dr Françoise Wilhelmi de Toledo (Jouvence)

PSYCHOLOGIE- DEVELOPPEMENT PERSONNEL

Les Mots pour le dire, Marie Cardinal (Babelio)

Un merveilleux Malheur, Boris Cyrulnik (Odile Jacob)

La Sexualité masculine, Didier Dumas (Albin Michel)

Femme désirée femme désirante, Danièle Flaumenbaum (Payot)

Le Drame de l'enfant doué, Alice Miller (Le fil rouge PUF)

Père manquant, fils manqué, Guy Corneau (Éditions de l'Homme)

Comment paye-t-on les fautes de ses ancêtres ? Nina Canault (DDB)

J'aide mon enfant à grandir dans le respect, Aliette de Panafieu (Eyrolles)

Les Mots sont des fenêtres ou bien ce sont des murs, Marshall B. Rosenberg (La Découverte)

PÉDAGOGIE

Principes Fondamentaux de Formation musicale et leur application, Maurice Martenot (Ile Bleue)

Mademoiselle, entretiens avec Nadia Boulanger, Bruno de Monsaingeon (Van de Velde)

César Geoffray par ses textes (A Cœur Joie)

Le discours d'un roi,
film de Tom Hooper

SPIRITUALITÉ

Ouverture à la contemplation,
Franz Jalics (DDB)

Les Chemins de la naissance à soi-même,
Jacques Musset (Karthala).

Quand la maladie ramène à l'essentiel,
Jacques Musset (Karthala)

Devenir soi, Marcel Légaut (Cerf)

L'Homme à la recherche de son humanité,
Marcel Légaut (Babelio)

Le Chemin de Tobie,
Benoît M. Billot (Lethielleux)

Concerto pour 4 consonnes sans voyelles,
Marc-Alain Ouaknine (Balland)

Les Chemins de l'homme,
Martin Buber (Rocher)

La Chaise vide, Rabbi Nachman
de Breslau (La table Ronde)

L'Ennéagramme, un itinéraire de la vie intérieure, M. Beesing, R. Nogosek, P. O'Leary, (DDB)

Gurdjieff parle à ses élèves,
Georges Ivanovitch Gurdjieff (Rocher)

Rencontres avec des hommes remarquables,
film de Peter Brook

Sagesse d'un pauvre,
Eloi Leclerc (Editions Franciscaines)

Les Récits d'un pèlerin russe,
Anonyme (Albin Michel)

Quatre petits bouts de pain - Des ténèbres à la joie, Magda Hollander-Lafon (Albin Michel)

Reviens à la vie, Simone Pacot (Cerf)

Dialogues avec l'ange,
Gitta Mallasz (Aubier)

Une vie bouleversée,
Etty Hillesum (Babelio)

Comprendre le monde, Delphine Horvilleur « les petites conférences » pour enfants (Bayard)

Vivre avec nos morts,
Delphine Horvilleur (Grasset)

SAGESSE AMÉRINDIENNE

On nous appelait les sauvages, Dominique Rankin et Marie-Josée Tardif (Le Jour)

Le Cercle sacré, Archie Fire Lame Deer (Terre indienne Albin Michel)

Les Sept Plumes de l'aigle, Henri Gougaud (Points poche)

CRÉATIVITÉ

Lettres à un jeune poète, Rainer-Maria Rilke (Grasset)

Le Clown Arleti, 20 ans de ravissement, Catherine Germain (Magellan)

Lettres à de jeunes clowns et autres égarés, Hervé Langlois (Capculture)

Le Diable c'est l'ennui, Peter Brook (Actes Sud - Papiers)

L'intranquille, autoportrait d'un fils, d'un peintre, d'un fou, Gérard Garouste (Le livre de Poche)

Trouver son Ikigaï, Christie Vanbremeersch (First)

Libérez votre créativité, Julia Cameron (Dangles)

Remerciements

A Marie, ma fille aînée, qui m'a aidé à enclencher l'écriture de ce livre en me proposant lors du premier confinement de m'interviewer. Ce dialogue aiguisé par ses talents fut un moment joyeux et fluide.

A Frank Fertille, pour son écoute et ses précieux conseils.

A Pascal Mateo qui m'a aidé dans la première étape d'écriture.

A Sophie, ma compagne, qui m'a aidé à réécrire, page après page, me dérangeant et m'aidant à préciser le fond de ma pensée, à mettre ma parole en écriture avec le regard de l'homme que je suis aujourd'hui. Sa patience, ses questions pointues et sa détermination enthousiaste m'ont encouragé à aller au bout de cette tâche.

A Catherine Weiss, Anne Rehbinder et Lucien Duquesne, pour leur relecture ciselée et leurs encouragements déterminants.

A tous les amis, alliés essentiels sur le chemin.

A Matthieu Blanchin pour ses dessins inspirés.

A Clotilde Chevalier, pour cette nouvelle création ensemble, qui nous invite à voir la vie en bleu.

A Evelyne Demey Paul-Reynaud, pour avoir rendu possible ce projet par son soutien enthousiaste et efficace.

Du même éditeur

Un Afghan à Paris, Mahmud Nasimi, 2021

Les Pépites de l'Histoire, Bertrand Jalon, 2021

Les deux font le père, Françoise Dax-Boyer, 2021

Ils sont infirmers de campagne, Fanny Cheyrou, 2020

Seins, Gribouille Sorton, 2018

Un homme dans la guerre, Jean Labie, 2017

Promenades littéraires autour de Marly-le-Roi, Jean-Yves Perrot, 2017

LES ÉDITIONS DU PALAIS
5 place du Palais Bourbon
75 007 Paris
www.editionsdupalais.com

Ce livre composé en Adobe Garamond et mis en page
par Clotilde Chevalier / Coccinelle, est achevé d'imprimer
sur les presses de Corlet imprimeur en septembre 2021
à Condé-en-Normandie.

Dépôt légal : août 2021
numéro d'imprimeur : 21070708
isbn : 979-10-90-119-932
Imprimé en France.